KB001967

기후마법의 올바른 사용법

~비의 남자는 채소를
키우고 싶어~

쿠로카타
KUROKATA

등장인물 소개

하루마

후우로

리온

기후마법의 올바른 사용법
~비의 남자는 채소를 키우고 싶어~

저자 **쿠로카타**

일러스트 Falmaro

CONTENTS

 프롤로그

비의 남자, 비의 여자.

뭔가 예정이 있어도 그날이 되면 어김없이 비가 내리는 사람을 그렇게 부른다.

그런 건 대체로 당사자의 기분 탓이지만, 나는 그렇게 가벼운 경우가 아니었다.

나, 아마미야 하루마의 인생에는 늘 비가 따라다녔다.

초등학생 때도, 중학생 때도, 고등학생 때도, 대학생 때도, 행사가 있을 때마다 비가 쏟아졌다. 맑은 날에 운동회나 소풍에 참가한 적이 한 번도 없었고, 취직한 뒤로도 변함없이 계속 비를 만났다.

그렇게 비를 부르는 내게 「비의 남자」라는 별명이 붙은 것은 거의 필연이었다.

처음에 그렇게 불린 것은 초등학교 4학년 무렵. 소풍이 4년 연속 비 때문에 연기됐을 때였다.

당시 같은 반 아이들은 그저 장난으로 그렇게 말했겠지만 열 살이었던 내게는 매우 충격적이어서 『그런 말을 들을 바에야 소풍 따위 안 가!』라며 꾀병으로 소풍을 땡땡이쳤다.

그저 어린아이가 부린 투정이었다.

나는 비를 부르는 비의 남자가 아니다. 그걸 알려 주고 싶었다.

하지만 운명은 한없이 잔혹해서—.

내가 불참한 그 소풍날은 평범하게 맑았다.

결과적으로 「비의 남자」라는 별명이 정착되어 버렸다.

실제로 나도 어렴풋이 눈치채고는 있었다.

「어라? 혹시 나 때문에 비가 내리나?」 하고.

쓸데없이 적극적이었던 나는 행사가 있는 날에 계속 꾀병을 부려서 비가 내리는지 안 내리는지 검증했지만 결과는 똑같았다. 아무리 발버둥 쳐도 내가 쉬는 날에만 맑았다.

이쯤 되면 저주였다.

내게는 중요한 순간에만 꼭 비가 내리는 저주가 걸려 있었다.

즐거운 일을 앞두고 설렐 때도, 슬플 때도, 긴장했을 때도, 일기예보에도 없었던 비가 내 머리 위에서 쏟아졌다.

어째서 나만.

어째서 평범하게 행사에 참가할 수 없는 거야.

어째서…… 비의 남자라는 소리를 들어야 하는 거야.

줄곧 그렇게 생각했다.

하지만 슬프게도 나이를 먹으며 그런 자신의 특성과 타협하여 순조롭게 취직한 나는 본가에서 멀리 떨어진 도회지에서 영업맨으로 하루하루 뼈 빠지게 일하고 있었다.

"오늘도 피곤하다."

일을 끝내고 편의점 도시락이 든 봉지를 들고서 귀갓길을 걸었다.

시각은 이미 밤 열 시. 가로등이 켜진 인적 없는 길이 눈앞에 펼쳐져 있었다.

"나도 마침내 서른인가……."

취직하고 8년.

사회의 쓴맛을 본 나는 정신적으로 꽤 마모되어 있었다.

처음에는 도시에서 열심히 일하겠다며 젊은 혈기에 투지를 불태웠지만, 사회의 거센 파도에 시달리며 그 투지는 덧없이 꺼지고 말았다.

정신 차리고 보니 이렇다 할 이성과의 만남도 없이 서른 살에 들어서 버렸다. 앞으로도 이전과 같은 나날이 계속되리라고 생각하니 슬퍼졌다.

"……아버지랑 어머니는 잘 계시려나."

가끔 연락하는 부모님이 머릿속에 떠올랐다.

농사짓는 부모님은 종일 밭일을 하셨다. 그런 부모님의 모습을 어릴 때부터 본 나는 언제부터인가 이런 흙내 나는 일은 하기 싫다고 생각하게 되었다.

그런 건방진 생각을 하며 도시에 있는 대학에 진학하고 취직했지만, 지금은 즐겁게 일하던 부모님이 부러웠다.

자신이 좋아하는 일을 하려고 했는데 이상과는 너무나도 동떨어진 현실과 맞닥뜨리고 말았다.

솔직히 말하겠다.

인생을 얕봤다.

사회도 얕봤다.

생각이 짧았던 자신에게 진저리가 났다.

"아아, 인생 마음대로 안 되네……."

비의 남자라는 소리를 계속 듣고.

자업자득으로 자신의 인생에 절망하고.

내 인생은 항상 먹구름에 덮여 있다.

속에서 치미는 감정에 기분이 어두워지자 내 코끝에 차가운 뭔가 가 떨어졌다.

"……아~ 예예. 알고 있어요."

지금까지 세기도 귀찮을 만큼 똑같은 경험을 많이 한 나는 바로 가방에서 검은색 접이식 우산을 꺼내 펼쳤다.

예상대로 곧장 비가 뚝뚝 내리기 시작했다.

달도 보이지 않는 하늘을 우산 아래에서 올려다본 나는 입술을 비틀었다.

"역시 하루마라는 이름은 얄궂다니까……."

이름을 지어 준 부모님께는 죄송하지만, 비를 몰고 다니는 내게 맑다는 의미가 담긴 「하루마(晴真)」라는 이름은 얄궂을 뿐이다.

그래서 나는 내 이름을 싫어했다.

설령 부모님이 좋은 뜻을 담아 이름을 지었더라도 나 자신이 내 이름을 받아들일 수 없었다.

빗발이 거세져서 우산을 잡은 손에 힘이 들어갔다.

"오늘은 평소보다 더 거세네."

바람은 안 불지만, 우산을 툭툭 때리던 비가 지금은 후두두, 무거운 소리를 냈다.

비가 거세서 그런지 어지러웠다.

"감기라도 걸렸나. 아니면 너무 과로했나⋯⋯?"

어쨌든 몸 상태가 나쁜 것은 확실했다.

얼른 돌아가서 밥 먹고 목욕하고 자자. 그렇게 생각하며 우산을 어깨에 대고 전진하려고 했지만— 갑자기 다리에 힘이 들어가지 않았다.

"⋯⋯응? 허, 무슨—."

자신의 몸에 일어난 이상을 이해하지 못한 채 무너지듯 그 자리에 쓰러지고 말았다.

편의점 도시락이 든 봉지와 가방, 마지막으로 우산이 지면에 툭 떨어졌다. 마치 뭔가에 고정된 것처럼 몸이 움직이지 않았다. 경치가 일그러져 보였다.

"이건, 좀 큰일 난 것, 같은데⋯⋯."

나도 모르는 사이에 무리하고 있었을지도 모른다.

비가 내 몸을 때렸다.

비 때문에 고통받는 인생을 살고 빗속에서 죽는 건가.

얄궂은 걸 넘어서 최저이자 최악인 최후다.

비만 만나며 살다가, 결국 이런 저주 같은 체질을 지니고 태어난 이유도 모른 채 끝이라니.

시야에 잡히는 경치가 빙글빙글 일그러지며 어두워졌다.

살아날 수 없음을 깨달은 나는 울먹이며 떨리는 목소리로 말했다.

"아, 아아…… 다음에, 다음에 다시 태어난다면—."

—자신의 이름을 좋아할 수 있는 인생을 살고 싶다.

그리고 내 시야는 돌연 캄캄해졌다.

* * *

비를 맞은 몸이 차가워지는 것을 느끼며 죽음을 받아들이고 눈을 감으려고 하자 갑자기 부유감이 들었다.

"으악?!"

그것도 잠깐, 내 몸은 지면에 철퍼덕 내동댕이쳐졌다.

변함없이 비가 몸을 때리고 있었지만, 지면의 감촉은 내가 쓰러졌던 콘크리트와 달랐다.

"……으."

그걸 깨달으면서 시력이 돌아왔다. 맨 처음 눈에 들어온 것은 갈색 흙이었다.

……나, 왜 흙 위에 누워 있지?

몽롱한 의식으로 어떻게든 고개를 들어 보니 주위 경치는 내가 아는 모습과 전혀 달랐다.

"……?!"

내가 있던 도회지와는 다른 자연 속.

콘크리트 지면도, 빌딩도, 가로등도 존재하지 않는 세계.

내게 일어난 일에 혼란스러워하다가 눈앞에 소녀가 한 명 있음을 알아차렸다.

―다시 의식이 몽롱해지기 시작했다.

"으, 아……."

도와달라는 말도 못 하고 그저 소녀를 올려다볼 수밖에 없었다.

나는 간신히 움직인 손을 들어 소녀에게 뻗었다.

내 손을 본 소녀는 들고 있던 바구니 같은 것을 지면에 내려놓더니, 비도 아랑곳하지 않고 이쪽으로 달려와 내 손을 양손으로 잡았다.

"___."

부자연스럽게 느껴지지 않는 예쁜 회색 머리를 가진 소녀였다.

생소한 머리색이었지만, 그런 것이 신경 쓰이지 않을 만큼 안심한 나는 의식을 유지하지 못하고 그대로 정신을 잃고 말았다.

제1화 깨어난 곳은 다른 세계

이어서 눈을 떴을 때, 낯선 목조 천장이 시야에 들어왔다.

"여기, 는……."

분명 퇴근길에 쓰러져서…….

그렇다면 이곳은 병원인가? 하지만 병원 같지는 않았다. 굳이 따지자면 시골 민가 같았다.

"누군가가 이곳으로 데려와 줬나……?"

지금 보니 옷도 민무늬 셔츠와 반바지로 갈아입혀져 있었다.

이마에 놓여 있는 젖은 수건을 알아차리고 손으로 잡아서 살펴봤다.

"일어났어?"

"읏?!"

옆에서 들린 목소리에 깜짝 놀라 어깨를 움찔했다. 황급히 목소리가 난 쪽을 보니 소녀 한 명이 의자에 앉아 있었다.

회색 머리카락과 단정한 얼굴. 그 독특한 머리색을 보고, 기절하기 직전에 나를 발견했던 소녀임을 깨달았다.

넋이 나간 내 얼굴을 들여다보고, 소녀가 고개를 갸웃했다.

"……괜찮아?"

"그, 그래, 괜찮아. 네가 나를 도와준 건가?"

"응."

"그렇구나…… 고마워. 네 덕분에 살았어."

"응."

"……."

"응?"

어, 너무 담담하지 않아요?

영업으로 기른 내 말재주로도 대화를 이어 나갈 자신이 없다.

애초에 이 나이 때 여자아이와 이야기한 것조차 내게는 머나먼 과거 일이었다. 요즘 애들은 다들 이런 느낌인가?

"리온."

"어?"

"리온 실페리아. 내 이름. 당신은?"

소녀가 귀엽게 고개를 갸웃하고 물어봐서 전율했다.

거, 거리감을 종잡을 수가 없어.

무관심해 보이면서도 먼저 다가왔다. ……내가 학생 시절에 봤던 여자들과는 명백하게 생태가 달랐다. 세대 차이라는 게 이토록 무서운 것이었나……!

어, 어쨌든, 저쪽이 이름을 밝혔으니 나도 대응해야지.

"어, 으음. 나는 아마미야 하루마."

"응, 기억했어. 하루마…… 아저씨?"

"……."

크헉……!

어떻게든 얼굴에 드러내지는 않았지만 아저씨라는 호칭은 상상 이상으로 괴로웠다.

어릴 적에 동네 형을 「아저씨」라고 불렀던 나의 업이 얼마나 깊은 지 20년이 지나서 이해하게 될 줄이야……!

"가, 가능하면, 아저씨라고 안 불렀으면 좋겠어……."

"알겠어."

공교롭게도 당시 동네 형과 똑같은 말을 한 나는 필사적으로 웃는 얼굴을 유지했다.

서른 살은 아슬아슬하게 오빠. 자신을 타이르듯 머릿속으로 계속 중얼거렸다.

"……괜찮아?"

"어, 응, 괜찮아. 그래, 괜찮아……."

통성명을 했는데, 이 아이는 외국인일까?

……아니, 그런 건 어찌 되든 상관없다. 이 아이는 나를 발견하고 도와줬다. 그 사실만 알면 충분하다.

정말이지, 건강관리도 제대로 못 하고 쓰러지다니, 역시 너무 무리했나 보다. 일단 회사를 쉬고 몸조리해야겠다.

……응? 회사?

누운 채 커튼을 걷으니 밖에서 태양이 눈부시게 빛나고 있었다.

밝은…… 아침…… 회사…… 지각…….

"아침?! 실페리아, 지금 몇 시인지 알아?!"

"리온이라고 불러 줘. 지금은…… 여덟 시쯤."

"크, 큰일이다!"

지각 직전이잖아!

허둥지둥 일어나려고 하자 리온이 내 어깨를 눌러 강제로 침대에 눕혔다.

"당신은 쓰러져 있었어. 안정을 취해야 해."

"빠, 빨리 회사에 가야 해. 지금 바로 전철을 타면 어떻게든……!"

"회사? 전철? 무슨 소리야?"

"그러니까, 전철을 안 타면 회사에 늦는다는—."

"그 회사와 전철이란 게 뭔지 모르겠어."

"……뭐?"

마치 그 존재를 모르는 것처럼 구는 리온을 보고 묘한 위화감을 느꼈다.

지금 시대에 전철을 모르는 아이가 있을까? 아니면 온실 속 화초처럼 자란 아가씨인가?

일단 회사와 전철에 관해 설명하자 리온은 난처한 표정으로 고개를 갸우뚱했다.

"나는 당신을 마을 밖에서 발견했어. 당신이 말하는 회사도 전철도 아무것도 없는, 나무에 둘러싸인 곳에 혼자 쓰러져 있었어."

"자, 잠깐만 기다려 봐……."

마을이라고?

내가 있던 곳은 시골이 아니라 도시 한복판이었다.

영문을 모르겠다. 어느새 나는 비의 남자가 아니라 시간을 달리는 **오빠**라도 된 건가?

다니던 학교에서 7대 불가사의가 됐던 내가 이번에는 도시 전설이 되어 버렸다. ……절대 불가능한 이야기가 아니라는 점이 무서웠다.

아무튼 지금 있는 곳을 확인해야겠어.

바깥 경치가 보이도록 몸을 일으켜 창밖을 보았다.

그곳에는―.

"허……?!"

몇 세대 전으로 돌아간 듯한 낡은 서양풍 가옥들. 그리고 햇빛을 반사하는 청류와 우거진 나무들.

내 고향을 쏙 빼닮은 시골 풍경이 있었다.

"대체 어떻게 된 거야……?"

내가 살던 곳은 사람이 넘쳐 나던 도시다. 적어도 이렇게 자연이 넘쳐 나는 곳은 아니었다.

너무 놀라서 힘이 빠져 버린 나는 균형을 잃고 침대에서 떨어지고 말았다.

"으오?!"

하지만 바닥에 닿기 직전에 갑자기 내 몸이 떠올랐다.

무슨 일이 벌어졌는지 이해할 수 없었다.

'안 보이는 뭔가가 내 몸을 띄우고 있어……?'

뭐지. 어떻게 된 거야?

기상천외한 현상에 제대로 사고하지 못하며 리온 쪽을 봤다가 더

욱 곤혹스러워졌다.

왜냐하면 리온이 이쪽으로 손을 들고 「뭔가」를 하고 있었기 때문이다.

"⋯⋯큰일 날뻔했어."

"⋯⋯?!"

놀람의 연속이라 목소리가 안 나왔다.

빗속에서 기절하고 일어나니 낯선 민가의 침대 위.

옆에는 신기한 외모의 소녀.

바깥 풍경은 한가로운 시골.

그리고 마지막으로 나를 도와준 소녀가 불가사의한 힘을 쓰고 있었다.

아무리 평소부터 둔감한 나라고 해도 역시 눈치챘다. 지금 내게 무슨 일이 일어났다. 그리고 그건 내 상상을 아득히 뛰어넘는 사태로 발전해 있었다.

"여기는⋯⋯ 어디야?"

"자네가 아는 곳과는 다른 곳이겠지."

"⋯⋯?!"

리온이 아닌 다른 사람의 목소리였다.

목소리가 난 쪽을 보자 한 노인이 서 있었다.

희끗희끗한 머리를 깔끔하게 정리한 노인은 여전히 내 몸을 띄우고 있는 리온에게 시선을 보냈다.

"리온, 그를 내려 주려무나."

“응.”

리온이 고개를 끄덕이자 내 몸이 천천히 바닥에 내려졌다.

멍하니 있는 내게 다가온 노인은 손을 뻗었다.

“내 이름은 에릭 실페리아. 자네를 발견한 이 아이의 할아비지. 자네의 이름을 가르쳐 주겠나?”

“아마미야…… 아마미야, 하루마입니다.”

“아마미야 하루마. 음, 기억했네.”

노인, 에릭 씨가 자상하게 웃었다.

자기소개했을 때의 반응이 리온과 똑같다고 현실 도피를 하며 나는 에릭 씨가 내민 손을 잡았다.

“자네에게 무슨 일이 일어났는지, 그리고 왜 자네가 이곳에 있는지……. 여러 가지로 궁금하겠지만 일단은 배를 채우지.”

“예?”

“왜 그렇게 이상하다는 표정인가? 자네는 사흘이나 자고 있었어. 슬슬 뭔가 먹지 않으면 위험해.”

재미있다는 듯 미소 짓는 에릭 씨를 보고 어안이 벙벙해졌다.

“사흘이요? 그래서 배가 고팠…… 사흘?!”

충격적인 사실에 소리를 질러 버린 나는 유리가 와장창 깨지는 환청을 들으며, 사흘이나 무단결근한 사태에 눈을 부릅뜨고 말았다.

***

　에릭 씨를 따라 침대가 있는 방에서 테이블과 의자가 있는 거실 같은 방으로 이동하니 이미 아침 식사가 준비되어 있었다.

　동그란 빵과 수프와 샐러드라는 심플한 아침이었지만, 사흘이나 아무것도 먹지 못한 내게는 기쁜 식사였다.

　"리온이 자네를 이 집에 데려왔어. 그 이야기는 들었겠지?"

　"네."

　빗속에 쓰러져 있던 나를 데려와 줬다.

　성인인 나를 여자아이가 옮길 수 있을 것 같지는 않지만, 아마도 아까 내 몸을 띄웠던 신기한 힘을 썼겠지.

　"그때는 나도 놀랐네. 나 말고는 누구와도 그다지 이야기하려 들지 않는 리온이 사람을 데려왔어. 게다가 간병까지 하다니……."

　"내버려 둘 수도 없으니까. 내가 주워 왔어……."

　주워 왔다니, 나는 무슨 개나 고양이 같은 건가?

　빵을 냠냠 먹고 있는 리온의 말에 살짝 충격을 받으며 에릭 씨에게 시선을 되돌렸다.

　"하지만 더욱 놀라운 건 자네가 가진 힘이야."

　"……제가 가진 힘? 그게 뭡니까?"

　"역시 모르나 보군."

　내 말에 에릭 씨는 납득했다는 표정을 지었다.

　"리온이 자네를 데리고 돌아왔을 때, 이 아이는 비에 쫄딱 젖은 상태였어."

"으음, 그게 무슨 문제라도 있습니까? 비가 내리고 있었으니 젖는 건 당연하지 않나요……?"

"그날 마을에 비 같은 건 안 내렸어. 구름 한 점 없이 쾌청했지."

"……예?"

"자네와 리온의 머리 위에만 비구름이 나타나 있었다네. 마치 자네를 따라오듯 비구름이 움직였어."

"마을 사람들도 나랑 당신을 이상하다는 얼굴로 봤어. 나는 비를 맞고 있는데 마을 사람들은 전혀 젖지 않은 걸 보고 나도 겨우 이변을 눈치챘지만."

비.

내 인생을 계속 괴롭힌 것.

그것이 마침내 나만을 표적으로 삼고 내리게 됐다면—.

"저는, 대체…… 뭘까요……."

자신이 어떤 존재인지 모르겠다.

지금까지는 비는 내려도 비구름이 나만 따라오는 일은 없었다.

애초에 비를 내리게 하는 체질이란 것만으로도 보통은 아니지만.

"하루마 군. 자네는 마법이라는 존재를 아는가?"

"마법……?"

의아해하는 내게 에릭 씨는 진지한 표정으로 말을 이었다.

"마법이란 싸우는 수단이자 살아가는 수단. 이 세계에 사는 이라면 당연하게 다룰 수 있는 힘이지. 그 모습을 보니 모르는 모양이군."

에릭 씨의 말에 당황하며 고개를 끄덕였다.

당연하다는 듯이 말했지만, 나는 마법이라는 말을 알기는 해도 구체적으로 그게 어떤 것인지는 몰랐다.

하지만 아마도 나는 그 힘을 한 번 봤던 것 같다.

"혹시 아까 리온이 썼던 신기한 힘이 마법입니까?"

"그래."

침대에서 떨어진 나를 부유시켰던 힘.

못 믿겠다는 한마디로 정리하면 그만이지만, 실제로 이 눈으로 보고 체험했으니 믿을 수밖에 없었다.

"……그 마법이란 것을 가르쳐 주세요."

"흠. 그 전에 자네에 관해 알려 주지 않겠나? 마법은 그 후에 가르쳐 주겠네."

"알겠습니다."

나는 자신에 관해 자세히 이야기했다.

태어난 곳, 어떤 인생을 보냈는지, 건물이 늘어서 있고 사람들이 넘쳐 나며 밤에는 가로등이 어둠을 밝히고, 자연적인 환경은 손꼽을 정도로만 보이는 곳에 살았다는 것도 알려 줬다.

내 이야기를 들은 에릭 씨는 「역시나」 하고 중얼거렸다.

한편 빵을 다 먹은 리온은 어째선지 눈을 반짝이고 있었다.

"마법을 모르는 자네의 반응을 보고 어렴풋이 눈치채기는 했지만, 확신했네."

"무엇을 말입니까?"

"아마미야 하루마 군. 자네는 이 세계 사람이 아니야."

신묘한 표정으로 그렇게 말한 에릭 씨를 보고 굳어 버렸다.

너무 충격적인 말에 반응을 못 하는 나를 내버려 둔 채 에릭 씨는 말을 이었다.

"나는 자네가 말하는 세계를 본 적도 없고 지명을 들은 적도 없어. 하지만 자네의 말을 듣고 알게 된 것이 하나 있지."

"알게 된 것이요?"

"하늘을 찌를 듯한 거대한 건축물. 공중을 나는 탈것. 말보다 빨리 달리는 철 상자. 자네가 말한 모든 것은 꿈같은 이야기지만, 내게는 그게 거짓말 같지 않아. 왜냐하면 자네와 비슷한 말을 한 인간이 이 세계에도 여럿 존재하기 때문이지."

"저와, 비슷한……?"

"나는 그자들과 면식이 없어. 하지만 그자들과 자네에겐 공통점이 있는데…… 원래 있던 세계에서 특이한 능력을 가지고 있었다는 것이지."

사고가 쫓아오지 못했다.

자, 잠깐만, 나처럼 이 세계에 와 버린 녀석이 더 있다는 건가?! 심지어 그 녀석들도 나처럼 불가사의한 현상을 일으킬 수 있다니…….

"자네는 그들과 마찬가지로 본래 마법이 존재하지 않는 세계에서 마력을 가지는 변칙적인 상황을 일으켰고, 그 결과—"

일단 말을 끊은 에릭 씨는 잠시 머뭇거린 후에 입을 열었다.

"자네는 원래 있던 세계에서 튕겨 나와 이 세계에 와 버렸다는 것이 돼."

에릭 씨의 말은 너무나도 현실과 동떨어져 있었지만, 나는 생각보다 훨씬 침착했다.

"그런, 가요……."

"별로 안 놀라는군."

"대충, 알고 있었으니까요……."

충격은 적었다.

이해하지 않으려고 했을 뿐, 속으로는 알고 있었기 때문이다.

바깥 경치를 본 그때부터, 내가 어딘가 머나먼 미지의 장소에 와 버렸음을 예감했었다.

하지만 납득한 것은 아니었다.

"짚이는 것이 있겠지? 자네는 원래 세계에서 늘 어떤 것 때문에 고민했을 거야. 본래 자네가 있는 세계에 존재할 리 없는 힘…… 이 경우에는 돌연변이라고 해야 하나? 그 탓에 자네가 이 세계에 와 버렸다고 생각하면 앞뒤가 맞아."

"설마……."

에릭 씨가 말하는 내가 가진 마력.

나는 그 정체를 알아 버렸다.

"자네는 비를 조종하는 『기후마법』 사용자야. 그 힘을 가진 자는 감정이 격해지면 비를 만들어 낸다고 하지."

"……."

비를 만들어 내는 마법.

그럼 지금까지 나를 계속 괴롭혔던 비는 전부 마법 때문이었다는 건가?

"자네는 자네의 세계에 존재하지 않는 힘을 날 때부터 가지고 있었고, 무의식적으로 그 힘을 발동해 왔을 거야. 어디까지나 추측에 불과하지만, 본래 존재하지 않는 힘을 가지고 있던 자네는 마침내 원래 세계에서 튕겨 나와 이 세계에 온 거겠지."

이상하다고는 생각했었다. 비의 남자라는 별명이 붙기는 했으나 정말로 나 때문에 비가 내리는 것이라고 생각하기는 싫었었다. 긍정성만이 장점이지만, 그건 눈앞의 현실을 외면해 왔기 때문이었다.

그리고 에릭 씨의 이야기를 들은 나는 한 가지 결론을 도출했다.

"비정상적인 힘을 가지고 있던 저는 원래 세계에 있어서는 안 됐다는 겁니까?"

"아마도, 그렇겠지."

에릭 씨는 슬픈 표정을 지었지만 나는 여전히 현실을 받아들일 수 없었다.

내가 가진 마력 때문에 원래 세계에서 튕겨 나와 지금 있는 세계에 흘러들고 말았다.

즉, 나는 원래 세계에 돌아갈 수도 없게 된 것이다. 마치 가슴 한복판이 뻥 뚫린 듯한 상실감이 엄습했다.

본가에 계신 부모님은?

친구들은?

회사 동료들은?

더는 만날 수 없는 사람들을 머릿속에 떠올리니— 몹시 슬퍼졌다.

"……."

비탄에 잠긴 내 손에 누군가의 손이 얹어졌다.

어깨를 흠칫하며 고개를 들자 무표정한 리온이 나를 가만히 바라보고 있었다.

"어? 왜?"

"당신을 맨 처음 발견했을 때도 손을 잡았어. 그랬더니 잠들었으니까."

내가 무슨 어린아이인가.

아니…… 뭐, 상관없나.

"우울해하고 있어 봤자 소용없겠지."

이미 일어난 일을 바꿀 수도 없다.

어떤 절망적인 상황에서도 앞을 보고 있으면 분명 좋은 일이 있다.

비에 시달리는 인생 속에서 내가 발견한 교훈 중 하나였다.

오히려 이 상황에서 뭘 해야 할지를 생각하자.

"고마워, 리온."

"졸려졌어?"

"조, 졸려졌기보다 안심했어."

"그래? 다행이야."

역시 이 아이는 어딘가 엉뚱하다. 하지만 리온의 순진함에 나는 기운을 되찾았다.

나는 아직 살아 있다. 그것만으로도 희망이 가득했다.

……슬슬 손을 떼는 편이 좋으려나. 나와 리온을 보는 에릭 씨의 눈에 힘이 들어가 있는 건 기분 탓이 아닐 거다.

손녀가 젊은 남자와 계속 손을 잡고 있으면 에릭 씨도 기분이 말이 아니겠지.

"……읏, 리온. 착한 아이로 자라서 나는 기쁘구나……!"

아니었네.

할아버지로서 리온의 성장을 보고 감격했을 뿐이었어.

「손녀에게서 손 떼!」라며 변모하지 않아 다행이라고 여겨야 할지, 조금 전까지의 믿음직한 이미지가 무너져서 유감스러워해야 할지.

……이것도 가족을 아껴서 그런 거라고 납득하자.

기분을 전환하여, 여전히 감격하고 있는 에릭 씨에게 말했다.

"에릭 씨."

"왜 부르는가?"

"제게 마법 쓰는 법을 가르쳐 주실 수 없을까요?"

원래 세계에서 튕겨 나와 이곳에 와 버렸다. 다른 관점에서 보면 이곳이 내가 본래 있어야 할 세계라고도 생각할 수 있었다. 우선은 지금까지 무의식적으로 발동했던 힘을 내 것으로 삼는 것부터 시작하자.

내 말에 에릭 씨는 부드럽게 웃었다.

"이래 봬도 나는 『북쪽의 대현자』라고 불렸던 마법사야. 자네가 내게 가르침을 청한다면 기꺼이 힘을 빌려주겠네."

"웃, 감사합니다!"

흔쾌히 승낙해 준 에릭 씨에게 깊이 머리를 숙였다.

북쪽의 대현자…… 실은 굉장한 사람에게 부탁한 걸지도 모르겠다.

"하하하! 나도 기후마법 사용자를 제자로 삼는 건 처음이야. 문헌으로만 봤던 희소한 마법. 어떻게 단련시킬지 상상만 해도 즐겁군."

비를 내리는 마법. 그리고 이 세계.

모르는 것은 많지만, 그건 지금부터 배워 나가면 된다.

무엇이든 첫걸음이 중요했다.

지금 나는 그 첫걸음을 뗐다.

"손이 멈췄어, 하루마 군. 일단은 먹고 체력을 기르는 것부터 시작하지."

"예."

긴장하여 아침 식사에 손대지 않았었지만, 새롭게 수프를 들었다.

생각해 보면 기절하기 전에도 결국 저녁은 먹지 못했으니, 나흘 만에 먹는 밥이라고 해도 과언이 아니었다.

그렇게 생각하며 숟가락으로 수프를 떠서 입으로 가져갔다.

입에 넣은 순간, 포타주 같은 식감과 적당한 짭짤함이 입에 퍼져서 자연스럽게 입꼬리가 올라갔다.

"맛있어……!"

영양가 있는 맛이 오장육부에 스며들었다. 소박한 짭짤함 속에 채소의 단맛이 확실히 있었다. 오랜만에 먹는 밥이라는 점을 제외하더라도 맛있었다.

지금껏 편의점 도시락만 먹으며 건강하지 못한 식생활을 보냈던 나에게, 채소를 쓴 수제 수프는 어머니의 요리가 떠오르는 그리운 맛이었다.

수프를 맛있게 먹는 나를 보고서 리온이 득의양양한 표정을 지었다.

"내가 만들었으니까 당연히 맛있지."

"어? 리온이 만들었어? 정말로 맛있어."

"후후, 고마워."

처음으로 본 리온의 미소는 나이에 걸맞게 사랑스러웠다.

표정이 별로 없는 아이인 줄 알았는데 아무래도 아니었나 보다.

"그렇지, 하루마 군. 깜빡 말하지 않은 것이 있네."

"뭔가요?"

빵을 베어 먹으려던 내게 에릭 씨가 말했다.

얼굴은 웃고 있었지만, 아까와는 달리 뭔가 으스스한 느낌이 들었다.

"손녀에게 손대면, 무사하지 못할 거야."

"아……."

튀어나온 말에 가볍게 질리고 말았다. 나를 어떻게 보고 있는 거야.

그런 짓을 할 마음은 절대로 없으니 지금 단언해 두자. 장래의 예방선도 될 테고.

"걱정하지 않으셔도 됩니다! 나이도 전혀 다르고, 그런 일은 절대 있을 수 없습니다!"

"있을 수 없다니⋯⋯."

시무룩해하는 리온을 보고 눈초리가 매처럼 날카로워진 에릭 씨가 벌떡 일어났다.

"네 이놈, 리온이 귀엽지 않다는 거냐!!"

"예에?!"

에릭 씨는 지금까지 보여 줬던 온화함을 내던지고 격노했다.

어떻게 대답해야 정답이었던 거야? 그렇게 생각하며 리온을 보니, 리온은 리온대로 에릭 씨를 무시하고 어느새 수프와 빵을 더 가져와서 즐겁게 먹고 있었다.

"하, 하하⋯⋯."

그러고 보니 떠들썩한 식탁은 이런 거였지.

지금까지 혼자 집에서 외롭게 편의점 도시락만 먹었기에 잊고 있었다.

그리운 감정을 상기하며 나는 새로운 세계에서 앞으로 나아가기로 결의했다.

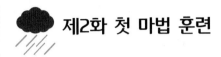# 제2화 첫 마법 훈련

지금까지 있었던 세계와 모든 것이 다른 이곳 생활은 놀라움의 연속이었다.

내가 지금 사는 곳은 알메이드 왕국이라는 나라 근처의 마을이었다.

그리고 이 마을은 귀족인 랑그롱 가문이 다스리는 영지였다.

귀족이라는 단어를 봐도 알 수 있듯, 내가 전이해 버린 세계는 일본이라기보다 몇 세대 전의 유럽 같은 문화 체계를 형성하고 있는 것 같았다.

거기에 마법, 마물, 아인 같은 판타지 요소가 섞여 있었다.

에릭 씨와 리온에게는 당연한 지식인 모양이지만, 내게는 배우는 모든 것이 새로워서 이해하기가 무척 힘들었다.

이 세계에 관해 대략 배운 후, 나는 에릭 씨에게 마법 훈련을 받게 되었다.

"그럼 하루마 군. 준비는 됐는가?"

"네!"

얹혀살고 있는 집의 뒷마당에서 에릭 씨와 마주 선 나는 긴장으로 뻣뻣하게 굳어 경직된 대답을 했다.

"하하하, 그렇게 긴장하지 않아도 돼. 오히려 긴장을 푸는 편이 좋아."

"아, 알겠습니다."

부끄러운 이야기지만 조금 설렜다.

마법, 어릴 적에 머릿속에 그렸던 공상을 지금 배우려 하고 있었다.

작게 심호흡하여 어깨에서 힘을 빼자 에릭 씨는 검지를 들고 말했다.

"하루마 군, 시작하기 전에 경고해 둘 테니 잘 듣게."

"네?"

"자네가 가진 기후마법은 매우 위험한 마법이야. 그건 자네도 알고 있겠지?"

"……네."

나를 타이르듯 그렇게 말하는 에릭 씨에게 고개를 끄덕였다.

비를 내린다.

이것만 보면 전혀 대단하지 않은 마법 같지만, 자칫 잘못하면 많은 생명을 위험에 빠뜨릴 수 있는 위태로움을 간직하고 있었다.

강을 범람시키거나 산사태를 일으키는 등 원래는 자연이 일으키는 재해를 인위적으로 가능케 하는 것이 내가 가진 우천 기후마법이었다.

물론 나는 그런 짓을 할 마음이 전혀 없으나, 혹시 폭주해 버릴지도 모른다고 생각하면 무서웠다. 그래도 내가 자신이 가진 힘을 빨리 자각해서 다행이었다.

"자네가 자각하고 있다면 됐네. 하지만 위험하다는 생각이 들면 바로 말하게."

"알겠습니다."

"좋아, 그럼 먼저 마법을 발동시키는 것부터 시작하지."

뒷마당 중앙으로 이동한 에릭 씨는 이쪽을 돌아보고 검지를 세웠다.

"자네에게 마법을 가르치게 되면서 나는 어떤 가설을 세웠어."

"가설이요?"

"자네가 어떤 상태에서 마법을 발동시키고 있는가, 하는 가설이지."

마법을 발동시키는 상태?

무슨 뜻일까. 나는 한 번도 의식해서 비를 내린 적이 없었다.

내 안에 잠든 성가신 힘은 그렇게 간단히 다룰 수 없었기에 에릭 씨의 말에 고개를 갸웃할 수밖에 없었다.

"자네는 원래 세계에서 무의식적으로 마법을 발동시켰어. 정도는 다르지만 그건 마법에 막 눈뜬 아이가 자신의 마력을 조절하지 못하고 폭주하는 예와 흡사해. 그럴 경우 대부분은 마력을 다루는 방법을 배우거나, 특수한 도구로 마력을 억제하여 해결할 수 있지만, 자네는 그게 불가능한 상황이었어."

"네. 제가 살던 세계에는 마법 자체가 없었으니까요……."

마법이라는 개념은 내가 살던 세계에도 있었지만, 그건 이야기 등에 등장하는 공상에 불과했다.

그래서 마법을 다루는 수단을 배우지도 못하고 자신의 마법을 억제하지도 못했던 나는, 그저 비가 내리지 않도록 감정을 억누를 수밖에 없었다.

"바꿔 말하자면 자네는 이미 마법을 발동시킬 준비가 되어 있다는 뜻이야."

"예? 그, 그런가요?!"

"일단은 본보기를 보여 주겠네."

그렇게 말하고 에릭 씨는 로브에서 오른손을 꺼내 내게 손바닥이 보이도록 들었다.

빤히 에릭 씨의 손바닥을 보고 있으니 갑자기 주위 바람이 그를 중심으로 모이듯 불었다.

"마법은 정신력에 좌우돼. 우선 자신의 힘을 인식하고, 그걸 자신의 몸 밖으로 방출하는 거야."

에릭 씨 곁으로 모여든 바람은 윙윙 소리를 내며 손바닥에 수렴하더니 작은 회오리 같은 형태로 변했다.

리온이 마법 같은 것을 쓰는 모습을 한 번 보긴 했지만, 이렇게 새삼 보니 무심코 감탄하고 말았다.

"오오……!"

"보다시피 나는 바람마법을 다루지. 바람을 쓰는 거라면 뭐든 가능해."

그렇게 말하고 에릭 씨는 하늘로 회오리를 힘껏 날렸다.

하늘 높이 날아오른 회오리는 어느 정도 높이까지 올라가자 마치 폭죽처럼 터졌다. 내가 있는 곳까지 느껴지는 강풍이 나뭇잎을 날려 환상적인 광경을 만들었다.

"이게 마법……."

원래 세계의 상식으로는 설명할 수 없는 대단함에 입이 다물어지지 않았다.

"하하하, 어떤가?"

"그게, 뭐라고 말하면 좋을지…… 죄송합니다, 너무 감동해서 말로 표현이 안 되네요."

"그렇게 말해 주니 다행이야. 자, 다음은 자네 차례―."

그 순간, 뒷마당 문이 벌컥 열리고 리온이 나왔다.

무슨 일이 있었는지 리온의 머리와 옷에 나뭇잎이 붙어 있었다.

……어라? 분명 리온은 다른 곳에서 빨래를 하겠다고 한 것 같은데…… 아.

"리, 리온?! 무, 무슨 일이니?"

"할아버지. 지금 나 빨래 널고 있었는데."

"아…… 미, 미안하구나!"

"하루마에게 마법을 가르치는 데 아까 그건 필요 없을 것 같은데."

"아니, 하지만! 그런 연출이 필요하지 않을까 해서……."

"다음에 또 그러면 할아버지라도 용서 안 해."

"네! 다시는 안 하겠습니다!"

쾅 닫힌 문을 보며 에릭 씨는 안절부절못했다.

사람이 무표정으로 화내면 저렇게나 무섭구나.

"……."

"……."

"자, 다음은 자네가 마법을 발동할 차례인데……."

"에릭 씨, 조금 전 상황을 없었던 일로 만들려고 하시는 거죠……?"

"발동할 차례인데!"

"……네."

아까 봤던 믿음직한 스승님은 어디 갔지…….

하지만 그런 스승님이어도 내게 마법을 가르쳐 주시니 감사하지 않을 수 없었다.

한 번 헛기침한 에릭 씨가 내게 시선을 보냈다.

"마법을 발동시키려면 자신 안의 힘을 명확히 인식하는 게 중요해. 일단 눈을 감아 보게."

"네."

"다음으로 자네 안에 있는 힘…… 그걸 강하게 생각하는 거야. 요령이라면…… 자네가 지금까지 살면서 마법이 인생에 어떻게 영향을 줬는지를 의식하면 더 생각하기 쉬워질 걸세."

에릭 씨가 말한 대로 눈을 감았다.

그리고 내 안에 있는 힘, 비를 강하게 이미지했다.

비는 내 인생과 깊이 연관되어 있었다.

이 힘 때문에 비의 남자라는 소리를 들었고.

즐거운 추억이 되어야 할 날은 비로 얼룩졌고.

자신의 처지를 셀 수 없이 저주하며 한탄했다.

"……응?"

그때, 가슴의 중심 부근에서 따뜻한 뭔가가 느껴졌다.

무의식적으로 그곳에 손을 올렸다.

위화감은 없었다. 오히려 처음부터 거기에 있었다고 여겨질 정도였다.

"느꼈는가?"

"아, 네. 뭔가 따뜻한 것이 여기에……."

"그것이 마력이야. 생각보다 훨씬 습득이 빠르군. 다음 단계로 넘어가도 되겠어."

"예? 벌써요?"

눈을 감고 있어서 에릭 씨의 표정은 살필 수 없지만, 조금 놀란 음색인 것 같기도 했다.

"자네가 마력을 쓰기 위해 필요했던 건 계기뿐이었어. 이제 지금 느껴지는 마력을 마법이라는 형태로 굳히기만 하면 돼."

"마법이라는 형태로……? 그건 어떻게……."

"오른손을 들고 지금 느껴지는 마력을 손바닥으로 보내게."

에릭 씨가 말한 대로 오른손을 들고 마력이 흘러가도록 염원했다. 가슴 중심에서 팔로 마력이 이동하고 손바닥에 모였다.

"그리고 여기서 굳히는 거지."

손에 모인 마력을 어색하게나마 손바닥 위로 수렴시켰다.

몇 초쯤 강하게 염원하자 손바닥 위로 물방울 같은 것이 떨어졌다.

"하루마 군, 이제 눈을 떠도 돼."

에릭 씨의 말에 눈을 뜨자 마력을 집중시킨 손바닥 위에 아까까지 없었던 것이 존재했다.

손바닥만 한 작은 비구름. 그것이 내 손에 비를 내리고 있었다.

"……이게, 내 마법."

"그래. 그게 자네가 가진 힘, 날씨를 관장하는 마법이야."

지금껏 휘둘렸던 힘을 처음으로 내 의지로 제어하는 데 성공했다.

마법 훈련으로서는 초반 중의 초반이었다.

앞으로 더 어려운 일을 해 나가야 한다는 것도 안다.

그래도 이 진보에 아무런 감흥도 없을 리가 없었다.

"첫 시작으로는 예상보다 훨씬 좋군."

"이 기세를 몰아 이 마법을 제 것으로 삼을 겁니다."

"하하하, 좋은 마음가짐이야."

첫 마법을 성공시켜서 기분도 좋아졌다.

이대로 다음 단계로―.

"응?"

에릭 씨에게 다음 훈련으로 넘어가자고 제안하려고 했을 때, 손바닥 위 비구름이 부자연스럽게 흔들리고 있음을 깨달았다.

불길한 예감을 느낀 순간, 비구름이 머리 위까지 쑥 올라오더니 약 지름 2m 크기까지 거대해져서 장대비를 퍼부었다.

비구름 밑에 있던 나는 그 비를 정통으로 맞고 쫄딱 젖어 버렸다.

"……"

아프게 느껴지는 침묵이 공간을 지배했다.

어색하게 시선을 피한 에릭 씨가 머리부터 발끝까지 젖은 내게 조심스레 말했다.

"하루마 군."

"네⋯⋯."

"감기 걸릴 테니 일단 옷을 갈아입지."

"⋯⋯네."

그렇게 간단히 일이 풀리지는 않는 모양이다.

역시 이 마법은 원래 세계에 있을 때처럼 나를 괴롭히기를 좋아하는 것 같다.

＊＊＊

나는 내가 생각했던 것보다 더 마법 재능이 있었던 모양이다.

마법을 배운 첫날에 쫄딱 젖어 버렸지만, 내 안에 있는 마력을 느끼고 형태를 이루도록 방출하는 데 성공했다.

하지만 그 이후가 큰일이었다.

"하루마, 더 마력을 억제해."

"으, 응⋯⋯."

마력 출력 조정, 이게 꽤 어려웠다.

집 뒷마당에서 리온과 마법 훈련 중인 나는 땀을 뻘뻘 흘리며 손바닥 위에 있는 비구름을 노려보고 있었다.

내 손 위에는 농구공만 한 비구름이 떠 있었다. 비를 뿌리고 있지는 않지만 그 비구름은 불안정하게 흔들리고 있었다.

"역시 어렵네."

사실은 손바닥만 한 비구름을 이미지했는데 필요 이상으로 마력이 들어가 버려서 이미지보다 커지고 말았다.

손바닥 위 비구름을 없애고 한숨을 쉬었다.

"아직도 안 되나."

"처음부터 잘하는 사람은 없어. 안 된다면 계속 반복하면 돼."

"……그렇지. 더 힘내 볼까."

"응, 힘내."

이 아가씨가 툭툭 던지는 말에 매번 감동하게 되네…….

일주일쯤 이 집에서 신세 지고 있는데, 생각보다 리온은 더 어른스러운 아이였다.

청소도 잘하고 요리도 잘했다. 할 일이 없을 때는 에릭 씨가 경영한다는 고서점의 책을 읽었다. 지금도 집 근처에 자란 나무 아래에서 두꺼운 책을 읽으며 내 마법 훈련을 봐주고 있었다.

리온은 나보다 어리지만 에릭 씨와 마찬가지로 고개를 들 수 없는 존재가 되고 있었다.

"지금 내가 할 수 있는 일은 많이 해 보는 것뿐이겠지."

다시 한 번 비구름을 만들어 마력을 조정했다. 이번에는 가랑비 수준의 비를 내려 보자.

수도꼭지를 트는 이미지로 비구름을 조작하니 굵은 빗방울이 쏴아아 쏟아져서 순식간에 손바닥이 흠뻑 젖어 버렸다.

"……손 씻는 데는 편리하네."

"그리고 우물이 필요 없어."

생긋 웃는 리온을 따라 나도 웃었다.

"하루마가 마법을 능숙하게 쓰게 되면 물 길으러 가지 않아도 되겠어."

"그렇다면 좋겠는데."

한가로운 일상. 매일 일에 쫓기던 예전에는 상상할 수 없었던 평안이었다.

하지만 나는 현재 상황을 고통스럽게 느끼고 있었다.

마법을 배우는 것이 고통스럽지는 않았다.

에릭 씨와 리온에게 불만이 있지도 않았다. 오히려 고마웠다.

문제는 내게 있다고 할까, 내가 멋대로 고통스럽게 여기고 있을 뿐이지만, 은인인 두 사람에게 신세만 지고 아무것도 갚지 못하는 것이 괴로웠다…….

리온이 너무 부지런해서 청소도 요리도 도울 수 없었다. 오히려 익숙하지 않은 집안일을 도우려던 내가 리온을 방해하기만 했다.

에릭 씨에게 이 고민을 상담하자 고서점의 점원 일을 맡게 됐지만, 손님이 한 명도 안 와서 은혜를 갚는다는 기분이 들지 않았다. 그때 나는 장식물에 가까웠다. 오는 사람도 리온뿐이었고.

이래서는 그저 무능한 밥벌레잖아.

"하아, 할 일이 태산이네."

마음을 다잡고 훈련을 재개했다.

계속 손을 적시는 비구름을 다시 한 번 작게 만들려고 염원하는 작업에 들어갔다. 하지만 그때, 뒷마당 문이 열리며 에릭 씨가 얼굴을 내밀었다.

"오오, 여기 있었나, 하루마 군."

"에릭 씨, 무슨 일이죠?"

에릭 씨는 내 손바닥 위에 있는 비구름을 보고서 흥미롭다는 시선을 보냈다.

"음, 역시 자네는 소질이 있어. 이 상태라면 곧 소규모 비구름을 조종할 수 있을 거야."

"그런가요? 저는 잘 되고 있다는 실감이 별로 안 들어서……."

비구름은 이미지한 대로 안 만들어지고, 가랑비 정도로 제어하려고 했는데 폭우가 됐다.

"원래부터 자네는 마력 총량도 유별나게 많으니까. 오히려 이렇게 형태를 만든 것도 훌륭하다고 할 수 있어. 하지만 너무 힘을 기울이지는 말게. 자네의 마법이 폭주하면 큰일이 벌어지니까."

"네, 그건 조심하고 있습니다."

에릭 씨에게 마법을 배우며 맨 처음 들은 것이 비구름을 만드는 내 마법의 위험성이었다.

「비를 내리게 할 뿐」이라는 말만 들으면 허접한 마법 같지만 실제로는 매우 위험한 힘을 가지고 있었다. 예를 들어 며칠간 끊임없이 비를 내리게 하면 작물에 영향을 주거나 강을 넘치게 하는 재해를 간단히 일으킬 수 있었다.

상상하기도 무서운 사태를 일으키는 내 마법은 조심히 취급해야 했다.

"그보다도 오늘은 새로운 훈련을 할 생각이네."

"……이르지 않나요?"

"마법을 잘 이해한 지금이 적기야."

에릭 씨는 상당한 페이스로 마법을 가르쳐 주는구나. 나로서는 좀 더 차분하게 지금 하는 훈련을 소화해 두고 싶은데.

"그럼 다음은 뭘 하면 됩니까……?"

"일단 장소를 옮기지."

"예? 여기서 하는 훈련이 아닌가요?"

"그래. 리온, 잠시 나갔다 오마."

"응."

고개를 끄덕이는 리온을 확인한 에릭 씨는 집에 있던 낡은 책을 겨드랑이에 끼고서 뒷마당 밖으로 걷기 시작했다.

장소를 옮기면서까지 하는 마법 훈련이라니 뭘까.

고개를 갸우뚱하며 나는 에릭 씨의 뒤를 쫓아갔다.

＊＊

에릭 씨와 리온이 사는 마을은 자연과 인공물이 양립한 곳이었다.

서양풍 민가 근처에 커다란 밭이 있고, 거기서 마을 사람들이 채소를 가꾸고 있었다.

시골에서 살았던 내게는 어떤 의미에서 익숙한 풍경이라 처음에는 반갑게 느꼈었다. 하지만 나를 알아차린 마을 사람들의 반응은 별로 좋지 않았다.

수상한 것을 보는 듯한 그런 시선이었다.

나쁜 짓은 전혀 하지 않았을 텐데 마을 사람들은 내게 좋은 인상을 가지지 않은 듯했다.

"이곳 사람들은 외지인에게 엄격하네……."

요 일주일간 다른 집을 보고 온 적은 몇 번 있었다.

작은 마을이라 주민들은 서로 잘 아는 사이인 것 같지만 나는 어디서 왔는지도 모를 외지인. 게다가 쓰러진 나를 리온이 옮길 때 무의식적으로 머리 위에 만든 비구름을 보이고 말았다.

그러니 수상쩍게 여기는 것은 당연하지만 나로서는 마음이 무거웠다.

"하하하! 그렇게 신경 쓰지 않아도 돼. 이 마을에서는 나도 괴짜 취급을 받고 있으니까."

"자신만만하게 할 말은 아니라고 생각합니다……."

"아, 리온은 달라. 그 아이는 귀여우니까!"

"예예."

하지만 지금 상태로는 일을 찾을 수도 없다. 적어도 마을 사람들이 나를 다시 생각해 준다면 그나마 방도는 있겠지만.

"자, 여기야."

에릭 씨가 멈춘 것을 깨닫고 고개를 들었다.

어느새 마을 끝자락까지 걸어왔는지 바로 앞에 숲이 보였다. 숲 앞쪽에는 꽤 넓은 공터와 낡은 단층 오두막이 홀로 서 있었다. 이곳이 목적지인 걸까?

"자, 하루마 군."

"네?"

"마법 훈련과 병행하여 채소를 가꾸게."

"……네?"

대체 에릭 씨는 무슨 소리를 하는 거지.

채소를 가꾸라니, 눈앞의 황무지에서?

어림잡아 50제곱미터 넓이의 부지에서 채소를 가꾸는 건 상당히 규모가 큰데요…….

"그게 마법 훈련과 무슨 관계가……?"

"음, 크게 관계가 있지! 딱히 이 마을에 이주할 때 산 토지를 놀리고 있었다든가, 의기양양하게 농기구까지 샀는데 나이 때문에 밭일을 할 자신이 없었던 건 아니야! 이것도 어엿한 마법 훈련이라네, 하루마 군!"

"흐응~."

"그리고 자네의 본가는 농가였다고 했지. 그런 의미에서도 자네에게는 최적의 훈련이라고 생각하는데……. 결단코 다른 뜻은 없네."

"그러십니까."

동공이 지진을 일으키고 있는데요. 심지어 스스로 자백했어.

조금 더 자세히 물어볼까. 정말로 마법 훈련과 관계가 있을지도 모르고.

"이를테면 어떤 도움이 됩니까?"

"체력이 붙지. 그리고 정신도 단련돼."

"네."

"음."

"……어? 그것뿐인가요?"

"으, 으음. 그, 그 외에 또 필요한가? 마법은 정신력에 크게 좌우돼. 다루는 법을 배워도 정신이 미숙하면 의미가 없어."

"그, 그렇군요……."

합리적인 것 같다.

확실히 마법은 정신 상태에 크게 좌우된다. 실제로 원래 세계에서도 나는 감정이 격해지면 비를 내리게 했었다. 그렇게 생각하면 정신력 단련도 필요했다.

"건전한 정신은 건전한 육체에 깃든다는 거군요."

"그렇지! 바로 그거일세, 하루마 군!"

에릭 씨가 검지를 척 치켜들었다.

역시 이 사람은 이러니저러니 해도 제대로 생각해 주고 있구나. 조금이나마 의심해 버린 내가 부끄럽다.

하지만─.

"채소라……."

우연이라고는 하지만 왠지 감개무량한 기분이 들고 말았다.

농사를 짓던 부모님. 즐겁게 채소를 키우는 모습을 나는 가장 가까이에서 봤었다.

그건 지나간 기억이 되어 버렸지만, 이제 와서 내가 똑같은 일을 하게 될 줄은 몰랐다.

"……그래."

에릭 씨의 말이 옳다면 마법 훈련에도 도움이 된다. 그리고 지금 내게는 마력이 있어도 체력이 없었다. 몸을 단련하는 의미에서도 최적의 방법이라는 생각이 들었다.

"마법을 내 것으로 만들기 위해 힘내기로 할까!"

"……휴우."

"응? 왜 그러세요? 에릭 씨."

나를 보고 안도한 듯 가슴을 쓸어내렸는데…….

"음, 아니, 아무것도 아니야."

"그런가요? 밭은 바로 시작해도 되나요?"

"그래. 일단 씨를 뿌릴 수 있는 단계까지 진행되면 내게 말해 주게. 자네가 키울 채소의 씨를 주겠네."

그렇다면 우선은 풀을 뽑고 밭을 갈아야겠군.

"제가 키울 채소는 뭔가요?"

시험 삼아 그렇게 물어보자 에릭 씨는 자신만만하게 웃었다.

"지금은 비밀이라네. 자네에게 가장 적합한 채소라는 것만 말해 두지."

"네……."

초보자도 잘 키울 수 있는 채소라는 걸까?

여주라든가 피망이라든가 토마토……는 물을 너무 많이 줘서 죽인 기억밖에 없는데…….

"뭐, 씨를 뿌리기 전에 잡초를 먼저 어떻게든 해야겠지."

잡초가 자라 있으면 작물에 충분한 영양이 가지 않는다.

먼저 해야 할 일은 잡초 뽑기네.

"농기구는 저 오두막 안에 있으니 자유롭게 써도 좋아. 그리고 너무 무리하지 말도록. 어두워지면 돌아오게."

"알겠습니다."

"모자도 있으니 쓰고. 안 그러면 쓰러질 테니까."

"하하하, 너무 과보호예요."

무슨 저희 아버지신가요.

부모님의 일을 도왔을 때도 똑같은 말을 귀에 딱지가 앉을 정도로 들었었지.

「그건 그렇군!」 하고 쾌활하게 웃는 에릭 씨를 따라 웃은 나는 옛날이 떠올라서 살짝 고향이 그리워졌다.

제3화 밭 만들기와 비명을 지르는 육체

에릭 씨에게 명받은 밭 만들기.

그건 나에게 어떤 의미에서 친숙한 작업이었다.

"알고 있었지만, 힘든데 이거……."

허리가 아팠다. 위에서 쏟아지는 햇볕이 뜨거웠다. 더워서 땀이 줄줄 흘렀다.

잡초 뽑기를 얕봤다.

밭일을 얕봤다.

쇠약해진 내 육체를 얕봤다.

체육관에라도 다닐 걸 그랬다.

아버지, 어머니, 이 나이가 되어 새삼 두 분의 위대함을 알게 되었습니다.

"젠장, 아직도 절반밖에 못 했나……!"

이마에 맺힌 땀을 닦고 일어나 몸을 쭉 폈다.

허리에서 뚜두둑 소리가 나며 자연스럽게 신음을 흘리고 말았다.

"하루마, 아직 10분의 1도 안 끝났어."

"말도 안 돼. 체감상으로는 절반쯤 끝난 줄 알았는데……."

"하루마는 재미있는 말을 하는구나. 전혀 아니야."

리온은 꽤 심장에 박히는 말을 하는구나.

그 후 에릭 씨의 오두막에서 풀매기 도구 — 밀짚모자와 목에 감는 흰 수건, 그리고 조금 낡은 낫 — 를 꺼낸 나는 의기양양하게 잡초를 뽑기 시작했다.

에릭 씨는 먼저 집에 돌아갔지만 조금 있다가 리온이 책을 겨드랑이에 끼고 왔다.

지금은 오두막 앞에 의자를 꺼내, 내가 마법 훈련을 할 때처럼 책을 읽으며 때때로 말을 걸어오고 있었다.

잡초를 뽑기 시작한 지 한 시간.

땀을 뻘뻘 흘리면서도 나는 계속 풀을 맸다.

간단히 뽑힐 듯한 풀은 뽑고, 안 될 것 같으면 낫으로 벴다. 지루한 작업이지만 확실히 안 하면 자랄 채소도 안 자란다.

제초기가 있다면 순식간에 작업이 진행되겠지만 이 세계에 그런 물건은 없었다.

"역시 공터 전부를 쓰지 않길 잘했어."

이곳은 약 50제곱미터쯤 되는 공터지만, 내가 밭을 만들려고 하는 범위는 20미터×10미터의 직사각형이었다.

대략 네 줄에서 다섯 줄 정도의 밭을 만들 수 있는 넓이인데, 그래도 초보자나 다름없는 내게는 너무 넓었다.

"서 있어봤자 안 끝나겠지. 냉큼 작업을 진행할까."

다시 한 번 몸을 쭉 늘린 후, 쭈그려 앉아 풀매기 작업에 들어갔다.

처음에는 갈팡질팡했지만 점점 익숙해졌다. 이대로 가면 오늘 중으로 풀매기를 끝낼 수 있을 것 같다.

"그때까지 내 다리와 허리가 무사하면 좋겠는데."

내일은 확실하게 근육통이 오겠구나.

"있지, 하루마."

땀 흘리며 풀을 매는 내게 리온이 말을 걸어왔다.

"응? 왜?"

"하루마는 왜 마법을 다루려고 해?"

"그야 지금껏 내내 휘둘렸으니까."

비가 내리면 내 탓. 어떤 즐거움 앞에서도 하늘은 우중충했다. 긍정적인 성격이 아니었다면 지금쯤 어떻게 됐을지 상상하기도 싫다.

"능숙하게 다루게 된 뒤에는 어쩔 거야?"

"으음…… 생각 안 했는데."

비를 내리는 능력은 일상에서 쓰는 힘이 아니다. 나는 나를 불행하게 만든 힘을 내 손으로 제어하고 싶을 뿐이다. 그다음 일은 전혀 생각하지 않았다.

"하루마는 그걸로 좋아?"

"무슨 뜻이야?"

"분명 하루마는 금방 마법을 능숙하게 다루게 될 거야. 그런데 정작 당신이 그다음을 생각해 두지 않는 건…… 뭔가 좀 아닌 것 같아."

"……."

어째선지 나는 리온의 말에 반응할 수 없었다.

말은 들렸다. 들리지만, 어떤 말로 대답하면 좋을지 알 수 없었다. 리온의 말은 더할 나위 없이 옳고, 눈앞에 닥친 것에 급급해서 그다음을 생각하지 않는 내가 틀렸다는 것을 이해하고 말았기 때문이다.

풀뿌리를 베는 낫 소리가 유독 크게 울렸다.

잠시 정적이 흐른 후, 아무런 반응도 보이지 않는 내게 리온이 겸연쩍어하며 사과했다.

"……미안."

"아냐, 너는 잘못 없어. 오히려 잘못한 건 나야."

나는 바보인가. 이렇게 어린 소녀가 마음 쓰게 만들면 어쩌자는 거야.

사회인이 된 지 몇 년 차인데, 멍청한 놈.

영업맨인 내 신조는 『배려·재치』였잖아.

속으로 자기 자신을 들입다 욕하며, 나는 화풀이하듯 풀을 마구 벴다.

***

하늘이 어두워지기 시작했을 때, 마침내 풀매기가 끝났다.

수북이 쌓인 풀 무더기를 보니 성취감 뒤에 상쾌한 느낌이 들었다.

뒤돌아보자 지면이 보이지 않을 만큼 잡초가 무성하게 자라 있던 공터 한편이 깔끔하게 정리되어 있었다.

"나는 의외로…… 꼼꼼한 성격이었나 봐."

끝날 즈음 되면 대충대충 할 줄 알았는데, 그러지 않고 끝까지 확실하게 성실히 임하고 말았다.

어릴 때는 일을 도와주다 질려서 내팽개치고 집으로 돌아가 버리릴 때가 많았지만, 지금 해 보니 다르구나.

"깨끗해졌네."

"그러게."

"다음은 뭐 해?"

다음이라…….

분명 흙을 파서 일궈야 했지.

"씨앗 뿌릴 곳을 1미터쯤 깊이로 파서…… 심층의 흙과 표층의 흙을 뒤집어 줘야할 거야. 아마도."

"그 작업에 무슨 의미가 있어?"

"아까 벤 잡초의 뿌리라든가 표층의 균을 심층에 묻고 건강한 흙을 파내기 위해서……였을 거야."

어렴풋이 기억하는 지식이지만, 갈아 치우기? 뒤엎기?

으음, 분명 「갈아엎는다」고 하지.

"고생스럽겠네."

"도와줘도 돼."

"응, 내키면."

아, 이건 안 도와주겠다는 거네. 나도 똑같은 대답을 부모님께 했던 적이 있다.

뭐, 이건 내가 해야 하는 일이니까 딱히 상관없지만. 억지로 돕게 하면 에릭 씨가 악마로 변할 테고.

"그나저나 진짜 피곤하다. 온몸이 흙투성이야."

작업 중에는 집중해서 신경 쓰이지 않았지만, 지금은 땀에 젖은 셔츠와 흙 묻은 얼굴이 참을 수 없이 신경 쓰였다. 얼른 돌아가서 씻고 싶다.

……아니, 잠깐만. 내 마법을 쓰면 가능하지 않나?

"바로 시도해 볼까."

쓰고 있던 밀짚모자를 벗고 손바닥에 비구름을 만들어 냈다.

마력 조작이 허술해서 그런지 이미지보다 큰 비구름이 생성되었다.

그걸 머리 위로 이동시킨 나는 비구름을 조작하여 비를 내리게 했다.

샤워기에서 쏟아지듯 차가운 물방울이 머리를 적셨다.

"오오! 이거 좋은데!"

냉수 한정이지만 천연 샤워기였다.

목에 감은 수건으로 젖은 머리를 가볍게 닦은 나는 이어서 지저분한 손을 비로 씻었다.

내 모습을 보던 리온은 조금 놀란 모습으로 입을 열었다.

"그렇게 쓸 수도 있구나……."

"그리고 물통도 필요 없어. 뭐, 엄청나게 대단한 건 아니겠지만."

물 마법사라면 비를 내리지 않아도 간단히 이런 일을 할 수 있겠지만, 나는 정말로 비만 내릴 수 있기에 할 수 있는 일도 한정되었다. 그다지 대단하지는 않았다.

"그거면 돼."

"응?"

하지만 내 말에 리온이 그렇게 대답했다.

"아무리 작아도 그게 하루마의 힘이야."

"그런가? 그랬으면 좋겠네…… 정말로."

나의 힘이라…….

이 세계에 와서 마법을 배운 뒤로 한 번도 비는 내리지 않았다.

그게 자연스러운 일이겠지만 나에게는 아니었다. 뭔가에 감동했을 때도, 화났을 때도, 기뻐할 때도, 감정이 격해지면 비가 내렸다.

그것 때문에 수없이 고통받았고 지긋지긋하기도 했지만, 그런 힘이 내게 도움이 되리라고는 생각도 못 했었다.

마법을 내 것으로 삼겠다는 일념으로 오늘까지 훈련했는데, 그걸 완수한 후에 나는 어떤 목표를 두고 전진하는 걸까.

그 답은 아직 보이지 않았다.

＊＊＊

이튿날.

나는 오전 중에 마법 훈련을 한 후, 밀짚모자와 흰 수건, 그리고 오두막에 있던 목제 삽을 들고서 흙을 갈아엎는 작업에 착수했지만…….

"으아아아아……."

이게 상상 이상으로 힘들었다.

어제 풀매기도 힘들었지만 이건 단연코 달랐다.

이랑을 만들 곳에 선을 확실하게 다섯 줄 긋고 흙을 갈아엎기 시작한 나를 기다리고 있던 것은 아무리 갈아엎어도 끝나지 않는 지옥 같은 시간이었다.

심층의 흙을 파내 표층의 흙과 바꾼다. 말로 표현하면 간단하지만 실제로 하니 상당한 노력이 필요했다.

일단 흙이 무거웠다.

다음으로 허리가 아팠다.

그리고 끝이 보이지 않았다.

마지막으로 내 몸이 말을 안 들었다.

풀매기 때도 통감했지만 나는 정~말로 체력이 없었다. 대학을 졸업하고 제대로 운동할 기회가 없었으니 어떤 의미에서 당연할지도 모르지만, 자신의 이미지와 현재 체력이 합치하지 않아서 너무 답답했다.

여차여차 지옥 같은 작업을 계속한 나는 어떻게든 다섯 줄 중에 절반을 끝내고 녹초가 되어 귀가했다.

확실하게 손 씻고 양치하고 더러워진 옷을 갈아입은 뒤, 거실 테이블에 엎어지는 형태로 의자에 앉았다.

진이 다 빠진 나를 보고서 저녁을 만들고 있는 리온이 말을 걸어왔다.

"하루마, 괜찮아?"

"괘, 괜찮아……."

물론 괜찮을 리가 없었다.

사실은 약한 소리를 하고 싶을 만큼 피곤했다.

밭일을 내팽개치고 쉬고 싶었다.

수없이 좌절할 뻔했지만, 밭 근처에 묵묵히 책을 읽는 리온이 있었기에 어른으로서 꼴사나운 모습을 보이기 싫다는 일념으로 무진장 노력했다.

"오늘, 다리가 후들거렸어."

"……."

"당장에라도 죽을 것 같은 얼굴이었어."

"……."

"그런데도 괜찮아?"

"죄송합니다. 거짓말했습니다."

내가 괜찮은 척해 봤자 이 아이 앞에서는 의미가 없었다……!

그런 대화를 나누는 사이에 저녁을 다 만들었는지 리온이 테이블 위에 그릇을 놓았다.

나도 그걸 도와서 얼추 저녁 준비를 끝내자 에릭 씨가 거실에 들어왔다.

"할아버지. 밥 다 됐어."

"오오, 그러냐. 그럼 먹을까."

에릭 씨를 더해 셋이서 식탁에 둘러앉았다.

메뉴는 심플하게 야채수프와 빵. 지친 몸을 달래는 맛을 기쁘게 여기며 저녁을 먹었다.

먹으면서 밭 만드는 작업이 얼마나 진행됐는지 에릭 씨에게 보고 했다.

"앞으로 이틀 정도면 흙 준비는 끝납니다."

"오오, 생각보다 빠르군. 마법 쪽도 순조로운가?"

"네, 제법 익숙해졌습니다."

능숙해진 주된 이유는 일사병으로 쓰러지지 않도록 머리 위에 비를 내리게 하거나 빗물을 마셨기 때문이지만요.

맞다. 흙 준비가 끝나면 다음 단계에 필요한 것이 있는지 물어봐야지.

"에릭 씨, 비료는 어떻게 하나요? 직접 만들려고 해도 제 지식으로 만들 수 있는 건 시간이 걸리는 비료뿐인데요……."

이것도 어렴풋이 기억하는 지식이지만 비료도 일단은 만들 수 있었다.

하지만 낙엽을 모으거나 음식물 쓰레기를 이용해 물거름을 만드는 등 초보자가 시도하기에는 꽤 수고가 드는 방법이었다. 게다가 낙엽으로 만드는 비료는 자칫하면 1년이나 걸리는 대규모 작업이다.

"아니, 자네가 키울 채소에 비료는 필요 없어."

"으음, 그건 무슨 뜻이죠?"

"그 이야기를 하기 전에 먼저 자네가 만나야 할 인물이 있네."

다른 이야기로 넘어갔지만…… 내가 만나야 할 인물?

대체 누굴까? 마을 사람들이 자진해서 나를 만나고 싶어 하지는 않을 테니 다른 사람이겠지만.

비료는 제쳐두고 우선 그쪽을 물어볼까.

"그게 누구죠?"

"이 마을을 포함한 영지를 다스리는 귀족, 케이 랑그롱이지. 사실은 더 긴 이름이지만."

"왜 제가 귀족을?"

"자네는 좋은 의미에서도 나쁜 의미에서도 이 마을에 영향을 주고 있어. 역시 이곳을 다스리는 이와 만나 둬야지."

실제로 마을 사람들에게 의심받고 있으니 어쩔 수 없는 이야기이기도 했다.

근데 귀족인가. 어떤 사람일까. 이미지상으로는 비싼 옷을 입고 있을 것 같다.

"뭐, 그렇게 부담스럽게 여기지 않아도 되네. 귀족이지만 내 친구이기도 하니까. 리온도 그를 알지?"

"……응."

어째선지 리온은 미묘한 표정으로 고개를 끄덕였다.

"그 사람, 너무 기운이 넘쳐서 불편해. 게다가 참견쟁이고. 마치 할아버지가 둘 있는 것 같아."

"……응? 잘못 들었나? 할아버지가 불편하다고 돌려 말한 것처럼 들렸는데."

"밥 맛있다."

"명백하게 시선을 피했어?!"

콰광~ 하는 효과음이 붙을 것처럼 충격받은 에릭 씨는 손에서 숟가락을 떨어뜨리며 절망한 표정을 지었다.

65

아, 큰일이다. 내가 어떻게든 수습해야겠어.

"괘, 괜찮아요, 에릭 씨! 리온도 진심으로 말한 게……."

"닥치게! 손녀에게 에둘러 불편하다는 말을 들은 노인의 마음을 자네가 아는가?! 할아버지는 너무 슬퍼서 찐으로 눈물이 나!!"

"그걸 저한테 말해 봤자 소용없잖아요!"

그보다 「찐」이라는 젊은 애들 말을 당신이 쓴 것에 찐으로 놀랐어요.

이 사람, 리온과 관련된 일에는 진짜로 사람이 변한다니까.

이게 바로 딸바보가 아닌 손녀바보인가.

"떠들썩해서 좋아."

정작 리온은 나와 에릭 씨를 보고서 기쁘게 미소 짓고 있었다.

순진무구한 표정이지만, 에릭 씨가 폭주하는 원인이 리온이라고 생각하니 그 미소가 꼬마 악마의 미소처럼 보이고 말았다.

***

흙을 갈아엎는 작업도 이틀 반쯤 걸려 끝낼 수 있었다.

마법 훈련과 병행하여 작업하느라 조금 시간이 걸리고 말았지만, 마침내 작물을 재배할 출발선에 섰다고 할 수 있었다.

다음으로 밭에서 기를 작물의 씨를 뿌리고 싶지만, 그 전에 나는 이곳의 영주인 귀족, 케이 랑그롱이라는 인물과 만나야 했다.

그와 만나기 전까지 일시적으로 밭일은 쉬게 되었으나 그래도 내가 할 일이 없지는 않았다.

매일 빼먹지 않고 하는 기후마법 연습.

꾸준함은 힘이 된다고들 하듯, 매일 연습을 거듭하면서 나는 착실하게 기후마법을 내 것으로 만들고 있었다.

……여전히 내가 이 힘을 어떻게 할지 답은 나오지 않았지만.

***

그 이튿날.

평소처럼 오전 중에 기후마법 연습을 끝내고 일단 집 안으로 돌아가자 리온이 부엌에서 고민스러운 얼굴로 끙끙대고 있었다.

늘 무표정인 리온이 턱을 짚고 고민하는 모습을 보고 조금 놀랐다.

"무슨 일이야? 리온."

"응? 점심으로 뭘 만들까 생각 중이야."

"흐응, 근데…… 그렇게 고민할 일이야?"

"뭐……?"

그렇게 말하자 리온의 눈이 크게 뜨였다.

왜, 왜 그렇게 충격을 받아?

"고민할 일이지……! 하루마, 믿을 수가 없어!"

"미, 미안. 심한 말을 할 생각은 아니었는데……."

곰곰이 생각해 보면 알 수 있는 일이었다. 이 아이는 아침, 점심, 저녁, 모든 식사를 만들고 있었다. 나와 에릭 씨가 질리지 않도록 매일 시행착오를 되풀이하며 요리를 만들어 주고 있는데…… 나는 정말이지 멍청한 소리를 하고 말았다.

"밥은 맛이 없으면 의미가 없어……!"

"네……."

"한정된 식자재로 얼마나 맛있게 조리할 수 있을지. 나는 늘 그걸 생각하고 있어."

"죄송합니다……."

"이걸 봐, 하루마. 이 감자, 어떻게 하면 맛있으면서도 배부르게 조리할 수 있을지 생각하고 있었어. 포타주로 만드는 것도 좋겠지만, 쪄서 소금이랑 먹는 것도 좋지 않을까? 하지만 역시 새로운 요리에 도전하는 의미에서 통 썰어 구워 봐도 맛있을 것 같아."

"……으, 응."

잠깐만요. 전에 없이 환하게 웃으며 요리에 관해 이야기하고 있는데요.

설마 이 아이, 요리를 좋아할 뿐만 아니라 먹는 것도 좋아하나?

확실히 언제나 많이 먹는다고 생각했었다. 하지만 사춘기 여자아이에게 그런 말을 하면 실례라고 생각해서 속에만 담아 뒀었는데……. 설마설마했던 사실에 어안이 벙벙해지고 말았다.

"하루마는 뭐가 좋을 것 같아?"

"어, 으음, 쪄 보는 건 어때? 소금이랑 먹는 것도 좋고, 으깨서 볶은 고기랑 버무리면 꽤 맛있지 않을—"

"응, 그러자."

우와, 활짝 웃었다.

"음, 배고파졌어. 바로 만들게."

평소에는 상상할 수 없을 만큼 밝게 웃는 리온을 보고 나는 확신했다.

이 아이는 숨은 먹보다.

얌전한 겉모습만 봐서는 상상이 안 되는 만큼 굉장한 갭이었다.

신난 얼굴로 감자를 껴안은 리온은 냄비를 꺼내 요리를 준비하기 시작했다.

생각해 보면 나는 리온이나 에릭 씨에 관해 직접 물어본 적이 없었다. 나도 다가가는 노력을 해야겠지.

부엌을 나와 의자에 앉은 나는 여태껏 궁금했던 점을 리온에게 물어보기로 했다.

"리온."

"왜?"

"너는 예전부터 에릭 씨랑 둘이서 살았던 거야?"

"맞아. 대충…… 3년쯤 전일까? 내가 열세 살이 됐을 때 할아버지랑 여기서 살기 시작했어."

3년 전인가. 비교적 최근……일까. 스물다섯 살을 넘겼을 즈음부터 2년이나 3년은 금방 지나가서 그렇게 오래됐다는 생각은 안 들었다.

"리온의 부모님은—."

말을 꺼낸 후에야 자신의 경솔함을 깨닫고 다시 자기혐오에 빠졌다.

열세 살이었던 리온이 에릭 씨와 함께 생활하게 된 이유 정도는 눈치채라……!

"우리 부모님?"

"미안. 가볍게 물어볼 이야기가—."

"트레저 헌터야."

"……네?"

황급히 얼버무리려는 나를 개의치 않고 리온이 선뜻 말해서 귀를 의심했다.

설마 트레저 헌터라니, 영화에서만 본 특수한 직업일 리가—.

"트레저 헌터. 아빠도 엄마도 똑같은 일을 하고 있어."

잘못 들은 게 아니었어……!

상상과는 달리 매우 적극적인 부모님이네. 괜한 억측을 한 게 창피하다.

"아빠랑 엄마는 세계를 돌아다니며 유적이나 던전을 모험하고 있어. 그쪽에서는 유명하다나 봐. 아빠는 『북쪽의 대현자』의 아들이라 다른 의미로 유명하지만."

"다른 사람에게 들은 듯한 말이네. 너는 자세히 몰라?"

"전설의 마물이라든가 미답 던전을 제패했다는 얘기를 자주 듣지만…… 나는 별로 관심 없어."

뭔가 듣기로는 어마어마한 일을 하고 있는 것 같은데…… 하긴, 에릭 씨의 아들이라면 대단한 사람이겠지.

리온의 부모님 이야기에 감탄하자 리온이 이쪽을 보지 않고 말했다.

"열세 살 때, 아빠가 같이 여행하자고 했어. 물론 트레저 헌터로서의 여행이었어."

"리온은 같이 안 간 거야?"

"응. 운동 같은 거 잘 못 하고, 책 읽는 게 더 좋으니까."

확실히 이 아이가 뛰어다니는 광경은 상상이 잘 안 간다. 역시 조용히 책을 읽는 모습이 더 와닿는다.

"원래는 왕국에 살았지만, 그러면서 할아버지네 집에 왔어."

"흐응, 외롭지는 않았어?"

"연락하고자 하면 할 수 있으니 외롭지 않아. 그리고 이곳은 책이 잔뜩 있고, 왕국처럼 시끄럽지 않아서 마음에 들어."

왕국이 어떤 곳인지는 모르지만, 리온은 이곳을 좋아하는구나.

나도 본가와 환경이 비슷한 이곳이 마음에 든다.

"그리고 트레저 헌터는 밥을 제때 못 먹는 일이 많아서 별로 안 좋아해."

그게 제일 큰 이유 같은데……?

"리온은."

"응?"

"먹보─."

"아니야."

리온의 목소리는 놀라우리만큼 싸늘했다.

감자를 도마에 조용히 내려놓은 리온은 이쪽을 천천히 돌아보더니 내가 앉은 의자까지 빠른 걸음으로 다가왔다.

갑작스러운 일에 얼떨떨해하는 내 머리를 리온이 단단히 붙잡아서 억지로 시선을 맞췄다.

"하루마."

"엥, 앗, 네."

"나는, 먹보가, 아니야. 알겠어?"

"아, 알겠습니다……."

"응, 좋아."

리온은 희미하게 뺨을 붉힌 채 등을 돌리고 부엌으로 돌아갔다.

응, 그거네. 역시 화나게 만들면 안 되는 사람은 어느 세계에나 있구나.

앞으로 리온 앞에서는 그 말을 절대로 꺼내지 않겠다고 나는 마음속으로 맹세했다.

막간1 비의 남자와 만난 날

평소와 다름없는 일상.

마을 밖에 있는 숲속에서 산나물을 캐던 내 앞에 아무런 조짐도 없이 쓰러진 사람이 나타났다. 그리고 그가 나타남과 동시에 거센 비가 쏟아졌다.

20대나 30대쯤 됐을까. 이 근처에서는 보지 못한 옷을 입고 있었다. 꽤 세게 지면에 쓰러졌는지 흙이 묻어 더러워졌으나 검은색을 기조로 한 깔끔한 옷이었다.

어쩌면 신분이 높은 사람일지도 모르지만 반대로 위험한 인물일지도 모른다. 어떻게 봐도 그는 이 근처에 사는 인간이 아니었다.

지금 바로 마을 사람에게 도움을 구하러 갈까. 아니면 할아버지를 불러와야 하나.

어떻게 해야 할지 망설이고 있으니 쓰러져 있던 그가 공허한 눈으로 나를 올려다보았다.

『으, 아······.』

도움을 구하고 있다는 건 한눈에 알 수 있었다. 그리고 슬픈 눈이었다.

나는 조금 전까지 하던 생각을 잊고 그의 곁으로 다가가 그가 뻗은 손을 잡았다.

그러자 아프도록 느껴지던 빗발이 약해진 것 같았다.

＊＊＊

"—온, 리온!"

"……왜? 할아버지."

부엌에서 설거지하던 나는 일단 손을 멈추고 할아버지가 있는 거실로 갔다.

"리온, 어디 속이라도 안 좋으냐?"

"괜찮아. 조금 멍하니 있었을 뿐이야."

"정말로? 갑자기 쓰러지기라도 하면 나도 충격받아서 쓰러질 거야."

"그건 민폐야."

할아버지는 변함없이 과보호했다.

나를 걱정해서 그런다는 것은 알기에 딱히 싫지는 않지만, 때때로 도가 지나쳐서 곤란했다.

"하루마는?"

"내일을 대비해 잠들었어."

"그래……."

그가 일하는 걸 보고 있는데, 매우 힘든 작업이라는 건 알 수 있었다.

그는 마을 사람들처럼 농사일에 익숙하지 않아서 뭘 하든 어색했고 효율이 나빴다.

하지만 그래도 숨을 헐떡이고 땀을 흘리며 필사적으로 작업하고 있었다.

"하루마는 열심히 하고 있어."

"……그러냐. 그건 좋은 일이지. 응."

할아버지는 기뻐하며 고개를 끄덕였다.

하지만 나는 그렇게 반응하는 할아버지에게 조용히 질문했다.

"아직도 하루마를 의심하고 있어?"

"내가 의심하지 않으면 만일의 경우 누구도 움직이지 못해."

"……하루마는 나쁜 사람이 아니야."

그는 조금 별난 말을 할 때가 있지만 좋은 사람이다.

어쩔 수 없다는 것은 알지만, 왠지 하루마를 속이는 것 같아서 싫었다.

"그건 알고 있단다. 하지만 지금은 누군가가 그를 조심해야 해. 기후마법은 그만큼 사람에게 미치는 영향이 커."

할아버지도 처음 본다는 우천 기후마법.

자연에 커다란 영향을 끼치는 위험하고 강력한 마법이다.

내 바람마법도 잘못 다루면 사람을 다치게 하는 위험한 마법이지만, 하루마의 마법은 주위에 끼치는 피해의 규모가 달랐다.

할아버지는 그런 마법을 가진 하루마를 경계하고 있었다.

그 경계에 악의가 없다는 것은 나도 안다.

하지만 늘 노력하는 하루마가 자신의 마법을 악용할 것 같지는 않았다.

"그러니까 리온. 이런 인간 불신에 빠진 할아비 대신 네가 그를 믿어 주렴. 그는 아직 어떻게 살아갈지 정하지 못했어. 그가 기후 마법을 잘못된 방식으로 쓰지 않도록 네가 도와주는 거야."

"……응, 알겠어."

할아버지의 말에 고개를 끄덕였다.

"아, 하지만 연애는 안 된다. 나이 차이도 있지만, 역시 리온에게 그런 건 아직 일러."

"……하아."

할아버지는 자상하지만, 때때로 한숨이 나올 만큼 귀찮을 때가 있다.

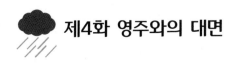

제4화 영주와의 대면

"이곳이 귀족의 저택인가……."

나는 에릭 씨를 따라 케이 랑그룽이라는 귀족의 저택에 와 있었다.

에릭 씨의 집에서 도보로 10분쯤 걸리는 곳에 서 있는 저택은 마을의 가옥에 비해 크고 튼튼하게 지어져 있었다.

집사의 안내를 받아 저택에 들어간 나는 실수하지 않도록 자신을 타이르며 필사적으로 평정을 유지하려고 했다.

"하하하, 그렇게 긴장하지 않아도 돼. 그는 귀족 중에서도 별난 부류라 웬만한 실수는 웃어넘겨 줄 거야."

별난 부류라니……. 이 사람은 집사 앞에서 터무니없는 소리를 하네.

집사도 아무 말 없이 쓰게 웃는 것을 보면 에릭 씨의 말이 맞을지도 모르지만…… 역시 무슨 일이든 첫인상이 중요하다.

다시금 마음을 다잡고 있으니 뒤에서 누군가의 발소리가 들렸다.

"응?"

뒤돌아봤지만 아무도 없었다.

기분 탓인가? 일순 금색의 뭔가가 보인 것 같았는데…….

"하루마 군, 왜 그러는가?"

"방금 금색…… 아뇨, 아무것도 아닙니다."

에릭 씨에게 말해야 할지 망설였지만, 그렇게 신경 쓸 일도 아니겠지.

그대로 몇 분쯤 걸어 우리는 조금 큰 문 앞에 도착했다.

"주인님, 모셔왔습니다."

"수고했어. 들여보내."

집사가 문을 열고 에릭 씨와 나를 방에 들였다.

문 너머 방에는 중앙에 긴 테이블과 의자들이 놓여 있었고, 그 옆에 한 남성이 서 있었다.

금발 머리와 반듯한 얼굴, 그리고 화려한 복장이 어우러져서 딱 봐도 신분이 높다는 걸 알 수 있는 남성이 에릭 씨를 보고 웃었다.

"오오, 왔나, 에릭. 한동안 못 본 사이에 흰머리가 늘었군?"

"하하하! 그러는 자네도 딸이 성장해서 조금은 아빠다워진 줄 알았는데, 그 가벼운 주둥이만큼은 어디 가지 않는군그래, 랑그롱 군."

"엉?"

"엉?"

어쩌죠. 다 큰 어른들이 만나자마자 싸우자는 태도인데요.

서로를 노려보는 에릭 씨와 금발 남성 옆에서 묵묵히 홍차를 끓이는 집사의 냉정함에 놀라며 두 사람을 지켜보고 있으니, 금발 남성이 나를 보았다.

"거기 있는 친구가 네가 말한 이세계에서 온 사람인가?"

"그래, 맞아. 하루마 군, 자네에게 소개하려고 한 인물이 이자일세."

아무래도 내가 다른 세계에서 왔다는 건 사전에 알린 듯했다. 그렇다면 그걸 포함해서 자기소개도 문제없겠지.

"아마미야 하루마입니다. 기후마법 사용자로 이곳과는 다른 세계에서 왔습니다."

"음, 랑그롱 가문의 당주, 케이 랑그롱이다."

서로 통성명하고 악수했다.

예상보다 우호적인 사람이라 다행이다.

"서서 얘기하기 힘들 테니 거기 앉아. 영감탱이는 서 있어도 상관없지만."

"자네가 앉으라고 하기 전에 앉았어."

"칫."

이거 무슨 애들 싸움인가. 친하기에 할 수 있는 너스레겠지만, 듣는 입장에서는 심장에 좋지 않았다.

"그런데 굉장히…… 평범한 남자군. 마을 사람들이 왜 무서워하는지 모르겠어. 그저 비를 내리는 마법을 가지고 있을 뿐이잖아."

"마을 사람들에게는 그만큼 그가 두려운 존재로 보인 거겠지."

"전설에 얽매이다니 정말이지 통탄할 일이야."

전설……?

마을 사람들이 나를 피하는 건 그저 수상하기 때문만이 아니었나.

그리고 「두려운 존재」라는 건 무슨 의미지?

"하루마 군. 미안하네. 의도적으로 자네에게 숨긴 것이 있어. 마을 사람들은 그저 외지인이라는 이유로 자네를 피한 것이 아니야."

"……무슨 뜻이죠?"

감정적으로 굴기에는 아직 이르다. 의도적으로 숨겼다면 뭔가 사정이 있을 터다.

"거기서부터는 내가 설명하지. 이 마을에 관해서는 거기 있는 늙은이보다 더 자세히 알거든."

"웃기는 소리. 나랑 열 살 정도밖에 차이 안 나면서."

"너보다 10년 오래 살 수 있지."

"저, 저기, 설명을 부탁드립니다."

이 두 사람은 일일이 시비를 걸지 않으면 이야기를 못 하나? 팽팽했던 분위기가 순식간에 무산되어 버렸잖아.

"이 땅은 일찍이 『비의 대지』라는 이름으로 불렸어. 늘 비가 내리는 기괴한 땅이었지."

"비, 말인가요."

"해는 나는데 비가 내리고. 구름이 없어도 비가 내리고. 그런 불가사의한 기후에서는 어떤 생물도 오래 살기 어려웠어."

늘 비가 내리는 토지. 모든 것이 비에 휩쓸리는 곳이었겠지. 상상하기도 끔찍한 죽음의 대지 그 자체…….

"사람들은 이 땅을 「하늘에서 쏟아지는 신의 눈물」, 「신이 생물에게 내리는 재앙」, 「용이 잠든 대지」라고 부르며 두려워하고 숭상했어. 그럴 만도 하지. 이곳은 예전에 그만큼 불길한 토지였으니까."

"……."

"하지만 그것도 200년 전에 끝을 고했어. 환경 변화인지, 혹은 정말로 숨어 있던 용이 사라졌는지는 알 수 없지만, 어느 순간을 기점으로 『비의 대지』에 비가 내리지 않게 됐어. 그리고 이 대지에 초목이 우거지고, 생물이 자리를 잡고, 마지막으로 우리 인간이 집을 짓게 됐지."

그런 곳에 우천 기후마법 사용자인 내가 나타났다.

정말이지 단순하고 바보 같은 이야기지만…….

"사람들은 제가 이곳을 다시 『비의 대지』로 되돌릴지도 모른다고 보고 있는 건가요……?"

"영민(領民)을 나무라지는 마. 자신의 생활이 위험해질지도 모르니 당연히 그런 태도가 되겠지. 그렇다고 현실적인 이야기라는 생각은 안 들지만."

어쩔 수 없는 이야기라는 것은 알지만 사정이 너무 복잡했다.

"뭐, 이 영감탱이 집에 있다는 것도 의심에 일조했겠지. 리온은 넘어가더라도 이 영감탱이는 정말로 무슨 생각을 하는지 알 수가 없으니까."

"자네는 일일이 내게 트집을 잡지 않으면 이야기를 못 하나?"

"어? 그렇게 들렸어? 그럼 자각이 있다는 거네."

"이, 이게……!"

눈앞에서 또 싸움이 벌어질 것 같았지만 나는 그걸 말리지도 않고 아연실색해 있었다.

"드디어 이해됐어……."

그래서 마법으로 만든 비구름으로 비를 내려 머리를 감는 나를 본 마을 사람이 「저 녀석 뭐지」 하는 눈으로 봤던 거구나!

정체 모를 인간이 태평하게 밭을 일구고 마법으로 이상한 짓을 하니 그야 그런 반응을 보이겠지!

"이, 이봐. 하루마, 괜찮아?! 에릭! 그래서 미리 설명이 필요하다고 했잖아! 너무 잔혹해!"

"나, 나도 이렇게 충격 받을 줄은 몰랐어!"

랑그롱 씨가 너무 상냥해서 미안해졌다.

아닙니다, 랑그롱 씨. 저는 지금 마을 사람들 앞에서 보인 자신의 무신경한 행동이 떠올라 뒤늦게 창피해졌을 뿐이에요……!

"아뇨, 괜찮습니다……."

평정을 가장하자.

호된 취급을 받는 게 처음도 아니고. 요컨대 이전 세계와 마찬가지로 「비의 남자」 취급을 받고 있는 거잖아.

그거라면 익숙한 일이다.

"마을 사람들의 반응은 타당하다고 생각합니다. 에릭 씨, 그걸 참작해서 당신의 생각을 들려주세요."

"……솔직히 말하지. 나는 자네를 위험한 존재라고 여기고 있어."

"그럼 리온은 절 감시하는 역할인가요……?"

"아니, 자네 혼자 두기는 걱정돼서……."

내가 무슨 어린애인가?!

아둔한 착각에 나잇값도 못 하고 얼굴이 새빨개져 버렸다.

"비를 내리는 기후마법. 말만 들으면 대단하지 않은 마법 같겠지.

오히려 우박을 내리거나 벼락을 떨어뜨리는 기후마법이 훨씬 강력해. 하지만 가장 무서운 면을 가진 것은 비야."

"이 영감탱이의 말에 동의하기는 싫지만…… 맞아. 확실히 단기적으로 보면 대단하지 않지만 장기적으로 생각하면 비만큼 무서운 건 없어. 마음만 먹는다면 강을 범람시켜 홍수를 일으킬 수도 있고 작물을 죽일 수도 있지."

"저는, 그런 짓……."

"지금은 그럴 마음이 없더라도 앞으로 어떻게 될지 몰라. 하루마 군, 사람은 변하는 생물이야. 아무리 착해도, 아무리 자비로워도, 어느 때를 기점으로 정반대 존재로 바뀌어 버리기도 해."

……그렇지 않다고는, 단언할 수 없을지도 모른다.

나도 기분이 좋지 않을 때가 있다. 그럴 때『인간 기우제!』라며 누군가 놀린다면 평소처럼 웃어넘기지 못할 것이다. 한순간의 감정으로 커다란 잘못을 저지를지도 모른다.

"그렇기에 나는 자네가 자신의 마법을 어떻게 쓸지 그 이유를 찾길 바랐네."

"마법을 다루는 이유……."

언젠가 리온도 비슷한 질문을 했었다.

그때 나는 그저 내 인생을 망친 비라는 저주를 스스로 제어하고 싶다는 마음에 사로잡혀 있었다.

비에 시달린 내 인생을「평범」하게 되돌리고 싶었다. 아무리 기뻐도, 슬퍼도, 화가 나도 비가 내리지 않는 그런 평범한 인생을 되찾고 싶었다.

그래서 그 후의 인생 같은 건 당연하게 존재한다고 생각했다.

"저는 책임지기를 방기하고 있었던 거네요."

"자네의 상황을 생각하면 무리도 아니지. 오히려 그러는 게 보통이야."

"이제 꿈에서는 깼습니다. 앞을 똑바로 보고 힘을 어떻게 사용할지 생각해 보겠습니다."

비의 남자라는 소리를 듣던 어릴 때처럼 언제까지고 투정을 부릴 수는 없다.

나는 다 큰 어른이다.

꿈을 꾸는 것은 허락되어도, 거기에 빠져서는 안 된다.

"응응, 역시 젊음은 멋지군. 과감해. 눈앞에 있는 고압적인 금발 귀족과는 전혀 달라."

"그러네. 눈앞에 있는 노친네와는 전혀 달라."

""......""

입을 열 때마다 싸우지 좀 말라니까요. 대체 이 두 사람은 어떤 경위로 알게 된 거야.

"자, 하루마 군. 자네에게 줄 선물이 있네."

"예? 선물이요?"

이 타이밍에?

고개를 갸웃하자 에릭 씨는 테이블에 뒀던 육법전서만큼 두꺼운 책을 내게 내밀었다.

"선선대 북쪽의 대현자인 카루라 그란트라…… 내 스승의 스승에 해당하는 분이 기록한 것이지."

그걸 받으려고 하자 책 틈에서 작은 주머니 같은 것이 테이블에 떨어졌다. 주워 보니 헝겊 주머니에 콩을 넣은 콩주머니 같은 감촉이었다.

"에릭 씨, 이건……?"

"그건 씨앗이네."

"씨앗이라면…… 제가 만든 밭에 뿌릴 씨앗이요?"

"그래."

안을 보니 작은 씨앗이 많이 들어 있었다. 보기에는 별로 특별할 것 없는 씨앗 같은데…….

"이건 무슨 씨앗이죠?"

"후후, 이게 무슨 씨앗인가. 그걸 가르쳐 주려면 아까 했던 얘기를 한 번 더 설명해야—."

"변함없이 번거로운 짓을 하는 영감탱이야. 간결히 설명해. 나도 궁금하니까."

"자네는 변함없이 성질이 급하군. 뭐, 좋아. 하루마 군, 이 땅은 늘 비가 내리던 토지였다고 이 남자가 설명했지?"

"예."

"하지만 『비의 대지』에도 생물은 존재했다네."

"그런가요?"

"생물의 진화는 정말로 굉장하지. 비가 쏟아지는 환경에서도 살 수 있도록 진화하게 돼. 그중에서도 이례적인 진화를 이룬 작물이 존재한다네."

"작물……?"

"이봐. 설마, 이 씨앗은……?!"

표정을 바꾼 랑그롱 씨가 벌떡 일어났지만 에릭 씨는 그의 반응을 무시하고 말을 이었다.

"그것들은 비가 내리지 않게 되어 절멸하고 말았지만…… 다행히 씨앗만큼은 남아 있어."

그것이 지금 내 수중에 있는 주머니인가.

"다들 재배해 보려고 시도했었지. 하지만 어중간한 마력과 물 계통 마법으로는 싹은 나더라도 자라지는 않았어. 당연한 일이야. 『비의 대지』에 쏟아졌던 것은 농밀한 마력을 띤 비였으니, 평범한 마법사는 키울 수 없었어."

"그런가. 하루마의 마법은 비를 내리는 기후마법. 재배도 불가능한 이야기가 아니야……."

"그리고 하루마 군의 기후마법은 본인의 마법을 핵으로 공기 중에 떠도는 마력을 흡수하여 비구름을 만들어 내지. 그가 가진 방대한 마력을 생각하면 하늘을 뒤덮는 비구름도 간단히 만들 수 있을 거야."

내가 생각했던 것보다 기후마법은 생태학적인 마법이었구나. 확실히 온종일 마법을 쓸 자신은 있지만, 그렇게까지 엄청난 일이라고는 생각하지 않았었다.

"이 씨앗은 그렇게 대단한 건가요?"

"늘 비를 맞아도 시들지 않고 오히려 크게 자라는 그 작물은, 맛은 물론이거니와 특수한 능력을 가지고 있었다고 해. 다만 지금은 아무도 모르지. 전승만이 남아 있을 뿐이야. 하지만 먹어 본 적이 있다고 공언했던 엘프는 절품이라고 했어."

에릭 씨는 조금 분한 얼굴로 그렇게 말했다.

나는 에릭 씨의 이야기를 듣고 떨리는 손으로 천천히 책을 펼쳤다.

페이지를 넘기니 아까 테이블에 떨어진 씨앗 주머니와 비슷한 것이 여러 개 붙어 있었고, 그 육성법으로 보이는 내용이 일러스트와 함께 기록되어 있었다.

"이렇게 많은 종류가······. 귀중한 것일 텐데 제가 받아도 되나요······?"

"자네만이 할 수 있는 일, 그중 하나로서 나는 이 씨앗을 자네에게 맡기고자 하네. 받든 안 받든 자네의 자유야."

그런가. 에릭 씨는 줄곧 나를 위해 생각해 주셨구나. 정말 아무리 감사해도 부족하다. 그렇기에 나는 이 은혜에 보답하고 싶다.

답은 정해져 있었다.

"이 채소의 이름을 가르쳐 주세요."

"총칭이어도 상관없는가?"

에릭 씨의 말에 깊이 고개를 끄덕였다.

잊어버리지 않게 확실히 마음에 새기자.

"『비채소』라네. 『비의 대지』에 생식했던 전설의 채소지. 그리고 이

책이 바로 위대한 대현자 카루라 그란트라가 기록한 세계에 한 권 뿐인 비채소 재배법—『비채소의 극의』라네!"

"비채소의 극의……."

심플한 이름이네.

그렇기에 재미있었다.

내가 앞으로 가꿀 작물. 이세계에 와 버린 나의 전인미답 농업 활동.

"이제부터 내 농업 생활이 시작—."

"어이, 영감탱이. 비채소의 씨앗을 몰래 가지고 있었다니 처음 듣는 얘기야."

"흐흥, 내가 자네에게 모든 걸 이야기하고 있다고 생각했나? 그건 자만이야, 랑그롱 군."

"어차피 지금까지 잊어버리고 있었겠지. 너는 옛날부터 건망증이 심했으니까."

"이건 그건가? 내게 싸움을 걸고 있는 건가?"

"저기, 이럴 때까지 싸우지 말아 주세요."

새롭게 결의했는데 고작 십여 초의 대화로 험악한 분위기가 되어 버린 두 사람을 보고 뺨이 어색하게 굳었다.

하지만 싸우기는 해도 에릭 씨와 랑그롱 씨는 나를 가족처럼 생각해 준 사람들이었다. 다시금 제대로 고맙다고 말하고 싶었다.

"저기……!"

눈싸움을 벌이는 두 사람에게 말을 걸려고 했는데 그 순간 뒤쪽

문이 벌컥 열렸다.

"다녀왔습니다!"

깜짝 놀라서 돌아보니 랑그롱 씨와 똑같은 눈부신 금발이 눈에 띄는 10대 중반쯤 되어 보이는 소녀가 서 있었다.

"어서 오렴, 노아. 하지만 이럼 안 되지. 지금은 손님이 와 있어."

"알고 있어. 하지만 아버지, 나한테도 이유가 있어."

"음?"

소녀의 차림새는 그다지 귀족답지 않은 소박한 느낌이었다.

소녀는 성큼성큼 에릭 씨 근처로 걸어왔다.

"안녕하세요, 에릭 씨. 변함없이 건강해 보이셔서 안심했어요."

"오랜만이구나, 노아. 잠시 못 본 사이에 또 예뻐졌어."

에릭 씨와도 면식이 있는 것 같고, 나도 자기소개를 해야겠네……

에릭 씨와 소녀의 대화가 끝난 타이밍을 가늠하여 말을 걸었다.

"어어, 제 이름은 아마미야 하루마. 에릭 씨의 집에서 객식구로 지내고 있습니다."

"나는 노아. 랑그롱 가문의 장녀야. 당신에 관해서는 마을 사람들에게 들었어."

"마을 사람들에게 들었다면……"

혹시 나에 관한 나쁜 소문을 들은 걸까? 그렇다면 인상은 별로 좋지 않을지도 모르겠다.

약간 침울해하고 있으니 노아가 내 얼굴을 밑에서 들여다보았다.

"당신은 나쁜 사람? 아니면 좋은 사람?"

"허?"

"어느 쪽?"

"나쁘지도 않지만…… 좋은 사람도 아니려나……?"

"그게 뭐야. 어정쩡한 태도. 역시 당신은 수상한 사람이네!"

소녀의 눈이 매서워졌다.

거짓말로라도 좋은 사람이라고 말할 걸 그랬다고 후회했다.

"애초에 조금은 변명을 해. 못된 사람처럼 생기지도 않았고, 마을 사람들도 제대로 이야기하면 알아줄 거야."

"네……."

"비를 내리니까 위험한 녀석이라고 취급하는 것도 문제지만, 당신도 다가가려고 노력해야 한다고 생각해."

"그 말이 맞습니다……."

"뭐, 일방적으로 무서워하는 상대에게 먼저 다가가는 건 용기가 필요한 일이지. 하지만 포기하고서 어떻게든 되기를 기다리는 건 잘못됐어."

"지당한 말씀입니다……."

너무나도 정론이라 찍소리도 할 수 없었다.

이 아이, 틀림없이 랑그롱 씨의 딸이다.

말은 조금 매섭지만 굉장히 신경 써 주고 있었다.

머리와 다리를 집어넣은 거북이처럼 움츠리는 나를 보다 못했는지, 랑그롱 씨와 에릭 씨가 조심스레 끼어들었다.

"노, 노아…… 하루마 군도 의심받고 싶어서 의심받는 건 아니야……."

"그, 그래. 하루마도 갑자기 이곳에 와 버려서 고생—."

"아버지."

"왜, 왜 그러니?"

랑그롱 씨의 말을 막고 뒤돌아본 노아는 웃었다.

"나, 이 사람을 감시하겠어."

"……."

"……."

"……."

정적.

에릭 씨도 랑그롱 씨도 나도, 노아의 갑작스러운 말에 말문이 막히고 말았다.

나는 허둥지둥 노아에게 따졌다.

"무, 무슨 말을 하시는 겁니까?!"

"문 너머에서 이야기는 대충 들었어. 뭔가 작물을 재배하려는 것 같던데? 나도 같이 지켜보겠어. 뭐 문제라도 있어? 그리고 존댓말은 필요 없어."

"무, 문제가 엄청나게 많습어!"

황급히 존댓말을 고치려다가 부자연스러운 말투가 되어 버렸다.

"나는 이곳을 다스리는 귀족의 딸로서 영민과의 교류를 중시하고 있고, 필요하다면 돕기도 해. 영민을 위해 당신을 감시하는 게 이상한 일인가?"

"으, 으윽, 이상하지, 않아……."

"그렇지?"

흐흥, 하고 노아가 득의양양하게 웃었다.

포기하고 어깨를 떨구자 어느새 경직이 풀린 에릭 씨와 랑그롱 씨가 쾌활하게 대화를 나눴다.

"일이 재미있게 됐어, 에릭."

"자기 딸이면서 남의 일처럼 말하는군."

"하하하! 그렇기 때문이지. 사람의 손으로 비채소를 재배하는 전인미답의 위업을 딸이 보게 될지도 모르잖아? 기쁘지 않을 리가 있나."

"팔불출이라니까."

"너한테 듣고 싶지 않아."

두 사람은 노아를 말릴 생각이 없는 듯했다. 에릭 씨는 그렇다 쳐도, 랑그롱 씨는 안 말려도 되는 건가? 귀족 아가씨니까 흙투성이가 되는 곳에 안 보내는 편이 좋을 텐데…….

"그럼 앞으로 책임지고 당신을 감시할게! 하루마!"

노아가 내게 구김살 없이 웃어 보였다.

멋진 웃음이지만, 나를 감시하겠다는 말이 없었다면 더 기뻐할 수 있었을 텐데 말이지.

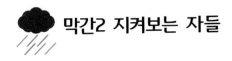

막간2 지켜보는 자들

"랑그롱 군. 자네는 알고 있었지?"

하루마 군이 돌아간 후, 랑그롱 저택에 남은 나는 눈앞의 남자, 케이 랑그롱에게 그렇게 말했다.

"뭘 말이야?"

"노아 말이야. 말은 그렇게 했지만, 그 아이는 우리가 여기 들어오고 나서 줄곧 하루마 군을 감시하고 있었잖아?"

그랬다. 이곳에 나타났을 때 지금 돌아왔다는 식으로 말했던 노아는 사실 처음부터 이 저택에 있으면서 하루마 군을 주의 깊게 감시하고 있었다.

"뭐, 알고 있었지. 너라면 이유는 대충 알겠지?"

"……그래."

"그 아이는 이 마을을 소중히 여기고 있어……. 영주인 나보다도 영민에게 사랑받고 있는 구석이 있으니 말이지. 그런 아이가 영민을 불안하게 하는 자를 내버려 둘 리가 없지."

"기뻐하며 할 말은 아니야."

"내 딸이야. 기쁘지 않을 리가 없잖아."

마을 사람들에게 하루마 군은 불길한 존재일 것이다.

마을 사람들의 불안을 안 노아는 소문의 장본인인 하루마 군이 저택에 온다는 것을 알고 그를 판별하고자 했다.

"우리의 대화를 듣고 영민의 불안감이 전부 잘못됐다는 걸 안 거지. 하루마는 마을에 해를 가져올 만한 인간이 아니라는 것을 그 아이도 실제로 이야기해 보고 알았을 거야."

"그런 것치고는 감시하겠다고 말했지만 말이야."

"정말로 감시할 생각은 없을 거야. 어디까지나 그건 명목이고, 실제로는 영민에게 하루마를 알려 주려고 그런 거야. 알면서 일일이 설명하게 하지 마, 이 망할 영감탱이."

"자네는 왜 그렇게 한마디가 많은 걸까."

노아는 눈앞의 오만한 귀족보다도 마을 사람들에게 사랑받고 있다. 그런 노아가 하루마 군 옆에 있으면 마을 사람들도 그를 위험한 인간이 아니라고 인식할 것이다.

노아의 존재는 하루마 군에게 틀림없이 좋은 방향으로 영향을 주리라.

"정말로 노아는 착한 아이로 자랐어. 랑그롱 군과 닮지 않아서 다행이야."

"하하하! 그렇게 따지자면 리온도 그렇잖아? 너 같은 망할 영감탱이를 닮지 않아서 나는 기뻐."

""……""

"주인님, 에릭 님. 주먹다짐이라면 밖에서 해 주십시오."

말없이 서로의 멱살을 잡고 주먹을 치켜든 우리를 집사가 무표정으로 타일렀다.

역시 밖에서 치고받고 싶지는 않았기에 얌전히 손을 놓고 다시 의자에 앉아 마음을 진정시키기 위해 물을 마셨다.

한동안 침묵한 후, 이마를 짚은 랑그롱 군이 조금 낮은 목소리를 냈다.

"기후마법은 정말로 성가신 마법이야. 에릭."

"……기후마법이어도 비가 아니었다면 이야기는 달라졌겠지만."

벼락, 우박, 눈 등의 기후마법이었다면 그나마 괜찮았을 거다.

그저 공격성이 높을 뿐이기 때문이다.

"기후마법은 실제로 그렇게 강력한 마법이 아니야. 기후를 조종한다고 하면 거창하지만, 실제로는 소규모 날씨만 조종할 수 있어. 계통이 같은 순수한 마법사의 하위 호환이라고 해도 좋겠지."

하루마 군의 우천 기후마법도 원래는 물 마법사의 하위 호환이라고 할 수 있다.

하지만 하루마 군이 가진 방대한 마력 때문에 그 마법은 인위적인 재앙을 일으킬지도 모르는 위험한 마법으로 바뀌어 버렸다.

"그는 마법 재능이 넘쳐 나지만…… 각성한 마법이 너무나도 잘 못됐어."

비를 내려 환경조차 간단히 바꾸어 버리는 위험한 힘.

일찍이 이 땅이 『비의 대지』라고 불렸던 것을 아는 자라면 하루마 군의 마법을 한 번 보기만 해도 공포심을 품을 것이다.

이 땅을 다시 비의 대지로 되돌리기 위해 보내진 재앙의 마법사.

거처를 뺏으려고 하는 이방인.

믿을 값어치가 없는 황당무계한 소문조차 난무할 만큼 하루마 군이 다루는 마법은 너무나 이질적이었다.

게다가 그는—.

"원래 세계에서 그는 분명 힘든 인생을 보냈을 거야. 마법을 다루는 방법조차 몰랐던 그는 감정이 격해지면 비를 내리고 말았어. 그건 즉, 감정을 억누르는 것 말고는 비를 내리지 않게 할 방법이 없었다는 뜻이야."

분명 나는 상상도 못 할 만큼 괴로운 인생이었을 것이다.

웃을 때도, 화났을 때도, 슬퍼할 때도, 그의 주위에서는 비가 내렸다.

그래도 긍정적으로 살아올 수 있었던 것은 그의 강한 정신과 타고난 성격 덕분이리라.

"그가 「지금까지」 살아온 인생은 고생의 연속이었어. 하지만 「앞으로」 어떻게 될지는 아직 모르잖아?"

씩 웃은 랑그롱 군이 그렇게 말했다.

평소 같았으면 「자네처럼 대책 없이 낙관적인 생각은 안 가지고 있네」 하고 신랄하게 대답했겠지만 방금 그 말에는 나도 동의하자.

"이 세계에 온 한 남자가 새로운 인생을 발견하고 어떻게 성장해 나갈지 지켜보자고."

"……그래."

우리가 할 수 있는 일은 길을 제시하는 것뿐이다.

나머지는 그가 어떻게 그 길을 나아가는지에 달려 있다.

제5화 귀족 아가씨는 대담무쌍?!

나의 비채소 재배를 지켜보게 된 랑그롱 가문의 장녀, 노아.

하루 지나면 생각을 고칠지도 모른다고 살짝 기대했지만 그런 일은 없었고, 아침 식사를 마친 직후에 우리 집을 찾아왔다.

"비채소 재배를 이렇게 시작해도 괜찮은 건가……."

노아라는 예상외의 인물 때문에 초장부터 기가 꺾여 버렸다.

집에서 밭으로 이동한 나는 무거운 한숨을 쉬었다. 리온은 노아의 존재를 그다지 신경 쓰지 않는지 평소대로 의자에 앉아 『비채소의 극의』를 정독하고 있었다.

"……기분을 전환하자."

노아는 나를 방해하러 온 것이 아니다. 오히려 내게 노아의 존재는 틀림없이 도움이 된다. 마을을 다스리는 귀족의 딸인 노아가 있으면 나에 대한 인상도 호의적으로 바뀔지도 모른다.

좋아, 일단 심호흡이다.

"스읍."

"흐응~ 이게 당신이 만든 밭이구나."

"푸학?!"

진정하려는 차에 쭈그려 앉은 노아가 손으로 흙을 만지작거리고 있었다. 심지어 장갑도 끼지 않고 맨손으로.

"좋은 흙이야. 적당히 부스러지네. 이 정도면 확실하게 뿌리가 내리겠어."

심지어 굉장히 전문가같이 말하며 밭을 평가했다.

이 아가씨는 뭐지. 나보다도 농사를 더 자세히 알 것 같은데요.

내가 생각했던 귀족의 외동딸 이미지가 점점 무너졌다.

"아, 미안. 방해됐지?"

"아니, 괜찮아……."

동요를 겉으로 드러내지 않으며 내가 만든 밭을 둘러보았다.

아무튼 씨를 뿌리기 전에 흙에 물을 침투시켜야지. 먼저 채소 재배에 적합한 환경부터 만들어야 했다.

손바닥에 비구름을 만들어 밭으로 보냈다. 밭 중심까지 이동한 비구름을 10미터쯤 크기로 키우고, 샤워기처럼 비를 뿌려서 밭을 적셨다.

"일단 얼추 적시면 되려나."

"상당히 능숙하게 다루게 됐네, 하루마."

"응, 수행의 성과지."

리온의 말에 고개를 끄덕였다. 꾸준히 노력하길 잘했다.

아직 세세한 조정은 어렵지만, 이제 두 개까지는 비구름을 수족처럼 다룰 수 있었다.

최종적으로는 의식하지 않아도 여러 비구름을 꺼내 두고 싶다. 자동으로 비를 내리는 비구름 같은 느낌으로.

옆에서 내 기후마법을 바라보던 노아가 감탄했다.

"이게 기후마법…… 굉장한 마법이야."

"뭐, 굉장하다고 해도 그저 비를 내릴 뿐이지만 말이지."

"작은 비구름도 만들 수 있어?"

"응, 가능해. 지금 이쪽에 있는 큰 구름에 의식을 집중하고 있어서 멋대로 비를 내리는 녀석이 되겠지만."

"그래도 좋아."

대체 뭘 하려는 거지?

고개를 갸웃하며 손바닥만 한 비구름을 만들어 노아에게 보냈다.

둥실둥실 날아온 작은 비구름을 받은 노아는 그것을 빤히 바라보았다.

"와, 차갑고 기분 좋아……. 비구름이라고 해서 먹구름을 상상했는데 이건 새하야네."

"비구름은 햇빛을 가리는 일이 많으니까 어두워 보이는 거 아닐까?"

뇌운 같은 건 그렇지 않을지도 모르지만. 그 부분은 나도 잘 모른다.

"그렇게 생각하니 그런 것 같기도……. 음~ 냠!"

무슨 생각을 했는지 노아는 손바닥 위에 올려 뒀던 비구름을 베어 물었다.

"뭐 하는 거야?!"

나는 황급히 노아 곁으로 달려갔다.

"……안 달아."

노아가 아쉬워하며 그렇게 중얼거려서 다리의 힘이 빠질 뻔했다.

시야 끄트머리에서 책을 읽던 리온도 「그렇구나……」 하고 아쉽다는 듯 반응한 것은 못 본 것으로 치자.

"안개 덩어리 같은 거니까 달콤할 리가 없잖아!"

"하지만 부드럽고 맛있어 보였는걸."

아니, 솜사탕도 아니고…… 응? 잠깐.

내 기후마법은 내 마력을 핵으로 비구름을 만들지? 그럼 공기 중의 수분이 아니라 과즙 같은 걸로 비구름을 만들면 노아가 말하는 달콤한 비구름이 만들어지지 않을까?

……이건 아직 말하지 말자. 숨은 먹보인 리온이 폭주할지도 모른다.

"그럼 다시 마음을 다잡고 재개할까……."

나머지 마른 흙도 비로 적셔서 씨 뿌릴 준비를 갖췄다.

"비채소는 나도 지식으로만 알아서 흥미가 있어."

리온도 그렇게 말을 걸어왔다.

200년 전에 절멸한 전설의 채소. 존재를 아는 사람에게는 확실히 흥미롭겠지.

"그리고 어떤 맛일지 기대돼."

"하하, 그러게."

눈을 반짝반짝 빛내는 리온을 보며 웃고서 나는 주머니에 넣어 뒀던 씨앗 주머니를 꺼냈다.

"비채소 중 하나인 비양배추. 이걸 키워 보려고 해."

"비양배추……."

리온이 『비채소의 극의』를 넘겨 비양배추 항목을 찾았다.

"있다……. 『먹은 자에게 마력의 은혜를 베푸는 마법의 작물. 먹으면 마력을 최고 상태로 유지할 수 있는 효과가 있다. 신선한 식감과 평범한 양배추와는 일선을 긋는 맛을 가진 비양배추는 비채소를 전설의 채소라고 부르게 하는 이유 중 하나이리라』라고 하네."

"그, 그렇게 기대하는 눈으로 보지 마……."

아직 씨조차 안 뿌렸으니까…….

신기하게도 이 세계 채소의 모습은 원래 세계의 채소와 똑같았다.

비양배추도 형태 자체는 평범한 양배추였다. 키우는 방법이야 전혀 다르지만, 기상천외한 형태의 채소가 아니라서 다행이었다.

참고로 양배추를 키우자고 생각한 이유는 단순히 에릭 씨에게 받았을 때 처음 손에 든 것이 양배추 씨앗이었기 때문이었다.

어제 에릭 씨가 『비채소의 극의』를 번역해 줘서 재배 방법은 대충 파악했다.

나는 바로 손바닥에 씨앗을 몇 개 올리고 밭으로 향했다.

"우선 약 5센티미터 깊이의 구멍에 씨앗을 심는다……."

하나씩 정성껏 손가락으로 뚫은 구멍에 씨앗을 떨어뜨려 나갔다.

"이대로 직접 씨를 심는 거야? 작은 용기 같은 데에 모종을 키워서 옮겨 심는 편이 좋지 않아?"

노아가 아주 당연하다는 듯 정확하게 지적해서 전율을 감출 수 없었지만, 그건 어디까지나 평범한 채소를 키우는 방식이었다.

"보통은 그렇게 하지만…… 비채소는 조금 달라."

"그래?"

고개를 갸웃하는 노아의 말에 고개를 끄덕였다.

통상적인 채소는 작은 화분 같은 곳에 모종을 키워서 옮겨 심는 편이 좋지만, 비채소는 다르다.

"일단 씨를 심으면서 설명할게."

"그럼 나도 도울게. 어느 정도 깊이와 간격으로 심는지는 알았어."

"뭐……?"

"말해 두는데, 귀족 아가씨라서 안 된다는 말은 내게 안 통해."

"……알겠습니다."

"흐흥, 좋아."

정말로 이 아이는 귀족 아가씨일까. 오히려 리온이 더 귀족 아가 씨 같은데.

말려 봤자 소용없음을 깨달은 나는 얌전히 비양배추 씨앗을 절 반쯤 노아에게 건넸다.

노아는 그걸 받고서 매우 익숙한 손놀림으로 흙에 씨앗을 심어 나갔다. 흠잡을 데 없이 훌륭했고 심지어 나보다 빨랐다.

"나, 나도 가만있을 수 없지……."

뭐랄까, 파격적인 아가씨인걸. 분명 마을 사람들에게도 사랑받고 있을 것이다. 하긴, 그렇기에 나를 감시하겠다고 말한 거겠지.

역시 나는 수상쩍어 보이나……. 겉보기엔 시원찮은 **오빠**이긴 하지.

내심 혼자 상처 받으며 묵묵히 씨앗을 심어 나갔다.

10분쯤 걸려서 노아보다 조금 늦게 마지막 씨앗을 심었다.

"자, 전부 심었는데…… 다음은 뭐 해? 이걸로 끝?"

"아니, 지금부터가 제일 중요한 공정이야. 아까 말했듯 비채소는 평범한 채소와 키우는 공정이 다르거든."

양손에 마력을 모아 다듬었다.

비는 아까보다 크고 광범위하게, 약하지만 충분히.

마력을 조심히 조정하며 만든 비구름의 핵을 아까처럼 밭으로 보냈다.

"리온, 해설을 부탁해도 될까? 나는 이쪽 조작에 집중해야 해서."

"응, 알겠어. ……여깄다. 조금 긴데 괜찮아?"

"그래, 괜찮아."

뒤에 있는 리온에게 그렇게 말하고 비구름 조작에 집중했다.

"『비채소는 비로 키우는 작물이다. 따라서 그 육성법은 비에 의한 것이 대부분을 차지한다. 여기서부터는 억측을 섞은 견해가 되지만, 비채소는 종자 상태부터 키우기에는 환경이 너무나도 적합하지 않았다. 아무튼 비가 늘 내리는 땅에서 자라는 작물이다. 씨앗이 떠내려가면 싹이 날 즈음에는 어딘가 강바닥에 가라앉아 있을 것이다. 그렇기에 이 신기한 작물은 종자에서 싹이 나기까지 성장이 현저히 빨라지도록 진화했다. 즉, 땅에 떨어져 윤택한 수분을 얻은 순간 바로 뿌리를 내리고, 싹을 틔워, 일반적인 모종 수준까지 급속히 성장한다』라고 하네."

"고마워, 리온. 그렇게 된 건데…… 알겠어?"

참고로 처음 들었을 때, 나는 이해를 못 했다.

하지만 농사 실력에 더해 이해력도 있는 노아는 달랐는지 감탄하며 고개를 끄덕였다.

"……뭐랄까, 비채소는 터무니없구나. 내가 아는 어떤 채소와도 달라."

"그렇기에 전설이겠지."

"그러네."

비채소의 급속한 성장을 촉진하기 위해 대량의 마력을 담은 비구름을 만들어 비를 뿌린다.

내가 만든 비구름의 핵은 밭의 중심에서 서서히 거대해졌다. 아까보다도 한층 커졌을 때, 펼치고 있던 손을 움켜쥐었다.

"여기서 멈춘다……!"

이로써 비구름은 완성.

"자, 내려라!"

내 신호와 함께 밭 전체에 비가 내렸다.

물은 많게, 하지만 흙을 파내지 않을 정도로 약하게 내린 비는 밭에 심은 비양배추 씨앗에 마력을 띤 물을 양분으로 줬다.

"됐다! 노아, 리온, 미안한데 씨앗이 떠내려가지 않는지 봐줄래?"

"좋아."

"알겠어~."

나는 비구름을 계속 조정해야 해서 두 사람에게 밭을 봐달라고 했다.

흔쾌히 대답한 두 사람은 비가 내리는 밭 근처로 와서 모습을 확인해 줬다.

"……"

정말로 내가 비를 내려 채소를 가꾸려 하고 있구나.

원래 세계에서는 농사는 촌스럽고 힘들다며 고향을 뛰쳐나와 도시에서 일했는데, 설마 이렇게 될 줄이야. 인생은 무슨 일이 일어날지 정말로 알 수 없다.

……나는 이 힘으로 다른 사람의 도움이 되고 있을까?

"하루마."

"웃, 왜?"

리온의 목소리에 정신을 차리고 대답했다.

조금 멍하니 있었다.

비구름에 영향은 없었으니 다행이지만, 집중이 흐트러지지 않게 조심해야겠어.

"이것 봐."

"……어? 뭔가 있어?"

"이리 와 봐."

비구름을 신경 쓰면서 리온 곁으로 다가가자 리온은 내게 시선을 주지 않고 지그시 지면을 보고 있었다.

고개를 갸우뚱하며 리온의 시선을 좇으니―.

"……오."

흙에서 살짝 얼굴을 내민 초록색 싹이 있었다.

줄기에서 뻗은, 양배추 특유의 동그란 떡잎 네 장.

책에는 확실히 그렇게 적혀 있었지만 반신반의했었다. 그래서 정말로 싹이 난 모습을 보고 감동하고 말았다.

놀라서 말도 못 하는 나를 리온이 올려다보았다.

"다행이야, 하루마. 이제 일자리를 찾지 않아도 되겠네."

"노, 농담이라는 건 알지만 그거 심장에 안 좋아……."

"그래? 미안."

……농담이지?

감격에 잠겨 있었는데 현실로 돌아오고 말았다.

"하루마! 벌써 싹이 났어!! 굉장한 생명력이야!"

노아도 싹을 발견했는지 기쁜 목소리로 보고했다.

순조로운 출발이었다.

이대로 가면 다른 비채소도 병행해서 가꿀 수 있을지도 모르겠어.

그때까지 나도 여러 가지 일을 해야 했다.

글자 공부.

기후마법의 조작과 응용.

뭐, 할 일은 태산이지만, 그저 비를 내리는 것이라면 내 특기 분야다.

비채소, 의외로 간단히 키울 수 있을지도 모르겠어.

***

비채소 재배가 의외로 간단하다고 말한 녀석 누구야!!

나였죠…….

지금 상황을 보면 그게 얼마나 어리석은 생각이었는지 이해할 수 있었다.

"이 병행 작업의 폭풍은 뭐야……! 머리가 펑 터져서 죽겠어……!"

씨앗을 심고 7일 동안은 그야말로 지옥의 일주일이라고 해도 과언이 아니었다.

"후우우우……."

비구름 유지.

흙이 쓸려 가지는 않는지, 줄기가 비에 넘어지지는 않았는지 확인.

이것들을 거의 동시에 장시간, 심지어 자신이 만든 비를 맞으며 해야 하는 것이 꽤 힘들었다.

흙과 줄기 확인은 별 볼 일 없는 작업이라고 여길 수도 있는데 실제로는 꽤 중요했다. 일단 비라는 것은 흙을 적실뿐만 아니라 흙을 쓸어버리기도 하니까.

흙이 쓸려 가면 영양을 흡수하는 뿌리가 노출되어 성장이 저해된다. 줄기가 비의 무게를 버티지 못하고 쓰러져 버리면 작물이 제대로 맺히지 않는다.

그리고 계속 비를 내려야 했다.

아침에 네 시간, 점심에 세 시간, 저녁에 네 시간, 총 열한 시간.

중간중간 쉬고는 있지만 너무나도 가혹한 일정이었다. 이게 제일 힘들었다.

심지어 이 모든 작업을 병행해서 진행해야 했기에 머리를 팽팽 돌리며 일해야 했다.

밭에서 비를 맞으며 그 출력을 조정하고, 줄기가 쓰러지지 않게 부드러운 비를 내린다.

그리고 그 비에 흙이 쓸려 가지 않게 삽으로 조정해 나갔다.

"그리고 은근히 힘든 게……."

허리에 대미지가 크다는 점이었다.

비를 막기 위해 삼베로 급조한 비옷을 뒤집어쓰고 등을 펴자 허리에서 뚜두둑 소리가 났다.

"서른 살에 빨리도 요통 환자가 될 것 같아……. 젠장, 내게 회복계 마법이 있다면 허리 통증 따위 신경 쓰지 않고 행동할 수 있을 텐데."

피로고 뭐고 전부 고쳐서 계속 행동할 수 있는 마법. 피로와 싸우는 사회인에게는 그야말로 최고의 마법이다. 에릭 씨도 회복마법을 다소 다룰 수 있는 듯하지만, 진정한 적성을 가진 자는 순식간에 피로조차 싹 없애 버린다고 한다.

"하하하, 없는 걸 원해 봤자 소용없나……."

그보다 비옷이 전혀 제 기능을 하지 못해서 오히려 웃음이 났다.

어느 정도는 비를 튕겨 내지만, 역시 금세 쫄딱 젖었다.

"옷이 젖어서 찜통 같아…… 뭐야, 이거. 생지옥인가? 진짜 미쳤어, 미쳤어, 완전 미쳤어……."

너무 힘들어서 어휘력이 떨어졌다.

게다가 오늘은 혼자서 작업 중이라 그저 혼잣말로 욕하고 있는 것과 같았다.

내가 멀쩡히 있기 위해서 이야기 상대가 필요해.

"오, 열심히 하고 있군. 하루마 군."

넋두리하며 작업을 재개하려고 했을 때, 에릭 씨가 밭에 왔다.

일단 비가 내리는 밭에서 나와 에릭 씨에게 인사했다.

"안녕하세요, 에릭 씨. 여기 오시다니 별일이네요."

"하하하! 하루마 군이 어떻게 작업하고 있는지 한 번이라도 좋으니 봐두자 싶어서 말이야. 그런데…… 힘들어 보이는군."

"네, 매우 힘듭니다."

삼베를 뒤집어쓴 채 쫄딱 젖은 나를 보고 그렇게 말한 에릭 씨에게 웃으며 단언했다.

"그, 그런가……."

"일단 마법과 밭일을 병행하는 게 꽤 어려워요……."

"흠."

밭에 비를 내리는 비구름으로 에릭 씨가 다가갔다.

가만히 비구름을 바라보더니 10초쯤 있다가 나를 돌아보았다.

"하루마 군. 자네는 마법으로 비구름을 만들 때 어떤 이미지로 만들고 있는가?"

"이미지? 그야…… 제 마력을 중심으로 비구름을 형성하는 느낌이죠."

전부 내 마력으로 만들면 상당한 마력을 소비하기에 공기 중의 마력과 수분을 흡수하는 이미지로 비구름을 만들고 있었다.

하지만 그게 어쨌다는 걸까?

"마법은 본인의 감정, 의사에 강하게 영향 받지……. 이건 기억하는가?"

"예, 맨 처음 배운 거니까요."

그렇기에 나는 감정이 격해지면 무의식적으로 비를 내렸었다.

마법 다루는 법을 익힌 지금은 제법 내 것으로 만들기는 했지만……

왜 지금 그걸 확인하는 걸까?

"하루마 군. 마법은 상상력으로 한없이 성장해. 확고한 상상력으로 만든 마법은 자신에게서 떼어 놔도 명령을 수행할 수 있지."

"……으음."

"간단히 말하자면, 마법에 뜻을 담으면 일일이 조작하지 않아도 알아서 움직여 준다는 거야."

……그런 건 좀 더 빨리 가르쳐 주시지!

"더 빨리 알려 달라고 말하고 싶은 표정인데, 마법에 명령을 부여하는 건 매우 어려운 기술이야. 술자의 상상력이 중요해져."

"하지만 그게 가능하면 지금 작업이 더 편해진다는 거죠……?"

"음, 그렇지. 시험 삼아 해 볼까."

그렇게 말하자마자 에릭 씨는 손바닥에 회오리 같은 것을 마력으로 만들었다.

눈을 감고 몇 초쯤 있다가 그 회오리를 지면에 보내자 회오리는 마치 뜻을 가지고 있는 것처럼 내 오른발 주위를 빙글빙글 돌았다.

"우왓?!"

너무 놀라서 뒷걸음질 치고 말았지만, 회오리는 그래도 강아지처럼 따라왔다.

에릭 씨는 눈을 감고 있기에 시각으로 조작할 수 없을 터였다.

"굉장해……."

"이게 마법에 명령을 새기는 것이지. 지금 내가 바람에 내린 명령은『내가 신호를 보낼 때까지 하루마 군의 오른발 주위를 계속 돌 것』이라네."

에릭 씨가 손가락을 탁 튕기자 회오리는 사라졌다.

"마음만 먹으면 더 복잡한 명령이 가능하지만, 그만큼 난이도도 올라가."

"그렇군요……."

요컨대 프로그램 같은 거네.

미리 행동을 설정해 두면 일일이 조정하는 수고를 들이지 않아도 된다.

"행동을 지정할 수 있으면 이런 무식하게 큰 비구름을 굳이 만들 필요도 없겠어……."

그렇게 정했으면 바로 시도해 볼까.

나는 밭 위에 있는 커다란 비구름을 지우고 손에 30센티미터쯤 되는 크기의 비구름을 만들어 냈다.

"응? 하루마 군? 하하하, 설마 바로―."

"으음~ 기점은 손바닥이면 되나. 효과 범위 및 행동 지정, 눈대중 20미터를 왕복. 속도는 시속 2킬로미터. 강수량은 한 시간에 2밀리미터……면 되겠지. 그리고―."

"어?"

이미지가 중요하다고 하니 비를 내릴 곳과 범위를 주시하며 말로 표현해 보았다.

속도라든가 강수량이라는 말을 해 보기는 했지만 물론 그대로 되리라고는 생각하지 않았다. 어디까지나 중요한 건 내가 내린 명령이 어느 정도 반영되는가였다.

강하게, 깊게 의식을 집중하여 마력에 담았다.

"하, 하루마 군……?"

에릭 씨의 멍한 목소리를 들으며 감고 있던 눈을 떴다.

손바닥 위에는 변함없이 마력으로 형성한 비구름이 떠 있었다.

"좋아, 성공……했는지 아닌지는 모르겠지만, 일단 보내 볼까."

머리에 쓰고 있던 삼베를 벗어 버리고 밭의 가장 끝자락에 있는 이랑에 비구름이 위치하도록 보냈다.

"어떠냐……?"

손바닥을 떠난 비구름은 한층 크게 팽창했다.

하지만 망설이듯 꿈틀거릴 뿐, 움직이지 않았다.

"시, 실패인가?"

포기하려고 했을 때, 머뭇머뭇 조심스러운 움직임과 함께 작은

115

비구름은 앞으로 나아가기 시작했다.

"오오—!"

"마, 말도 안 돼……."

이미지와는 달리 상당히 느리지만 제대로 전진했다.

30초쯤 걸려서 밭의 20미터 앞 반대편까지 이동한 비구름은 내가 이미지했던 장소에서 멈췄고, 비를 내리며 그대로 다시 왔던 길을 돌아왔다.

"오오오!! 이거 굉장하네요! 에릭 씨!!"

"나는 자네가 간단히 성공한 것이 놀라운데……. 어? 아주 명확한 이미지가 그려졌던 건가? 아니면 기후마법 친화성이 그렇게나 높았던 건가? 어쨌든 이건 범상치 않은 일이야……. 너무 재능이 넘치잖아!"

에릭 씨는 생각에 잠긴 것 같지만, 이건 정말로 혁신적인 기술이었다!

이것과 똑같은 방법으로 비구름을 네 개 더 만들면 밭일을 꽤 간략화할 수 있다!

이게 다 에릭 씨 덕분이었다. 역시 이 사람에게는 고개를 들 수가 없다.

"하루마 군. 하루마 군."

"네! 왜 부르시나요? 에릭 씨!"

"자네, 내 제자가 되지 않겠는가?"

"……? 하하하, 무슨 말씀이에요. 저는 이미 당신의 제자잖아요."

"아니, 그게 아니라. 대현자의 뒤를 잇는……."

"좋았어~ 뭔가 의욕이 나는데~!"

"……뭐, 상관없나."

응? 에릭 씨가 뭔가 말한 것 같은데…… 기분 탓인가.

아무튼 똑같은 순서로 비구름을 만들었지만— 어떻게 된 건지 네 번째 비구름에는 명령이 기능하지 않았다.

뭔가 잘못했나 싶어서 다시 한 번 시도해 봤으나 역시나 안 됐다.

"지금 하루마 군의 능력으로는 세 개가 한계로군. 이것만큼은 많이 해 보며 익숙해질 수밖에 없어."

"그런가요……."

"그렇게 걱정하지 않아도 되네. 많이 해 봐서 익숙해지면 명령을 내릴 수 있는 수도 늘어날 거야. 다행히 이곳은 자네가 훈련하기 최고의 환경이지."

"……그러네요. 처음부터 잘 되리라는 안이한 생각을 가져선 안 되겠죠! 매일 정진할 뿐! 노력하면 결과는 따라온다! 무엇이든 거듭하면 된다!"

"너무 부추겼나? 뭐, 기운찬 건 좋은 일이지만……. 아, 그렇지, 하루마 군."

"좋았어, 우선은 상상력과 궁리로 보완해서…… 네? 왜 그러시죠?"

만들어 낸 비구름 세 개로 어떻게 밭 전체에 비를 내릴지 생각하고 있으니 에릭 씨가 말을 걸어왔다.

"자네의 복장 말인데, 역시 그건 불편하지?"

"예? 네, 뭐…… 쫄딱 젖으니까요……."

조금 전까지 내내 비를 맞아서 안 젖은 부분이 없을 정도였다.

"그럼 하루마 군. 내일 돈을 줄 테니 마을의 옷 가게에서 로브를 사 오게."

"……네?"

아니, 그렇게 심부름을 부탁하듯 가볍게 말씀하셔도, 제가 마을까지 옷을 사러 가는 건 꽤 난이도가 높은데요.

***

마을의 옷 가게에서 로브를 사 온다. 그건 내게 너무나도 허들이 높은 일이었다.

마을 사람들이 두려워하는 내가 직접 사러 가도 좋은 반응이 나올 리가 없었다.

하지만 내가 그런 걱정을 할 것을 알았는지 에릭 씨는 어째선지 자신만만하게 괜찮다고 했다.

그 이유는 이튿날에 판명되었다.

"가자, 하루마!"

"이 아가씨가 있으면 안심이지……."

노아를 따라 옷 가게로 가게 된 나는 옆에 있는 소녀의 듬직함에 웃을 수밖에 없었다.

"그러고 보니 밭은 어때?"

"응? 아아, 순조로워. 어제 에릭 씨에게 마법을 쓰는 새로운 방법을 배워서 작업 효율이 확 높아졌어."

"흐응, 어떤 방법인데?"

배운 방법을 노아에게 설명했다.

외출하기 전에 밭에 들른 나는 비구름 세 개에 명령을 내려서 정해진 루트에 비를 내리게 했다. 이제 밭에 내가 없어도 물은 줄 수 있게 된 것이다.

"변태적이네."

"잠깐만."

어째서 이 흐름에 변태라는 소리를 들어야 하는 거지.

전혀 짚이는 게 없다만.

"당신은 여기 있는데 마법이 독립해서 비를 내리고 있다니 이상하잖아, 안 그래? 당신, 상당히 상식에서 벗어난 일을 하고 있어."

"아니아니, 그렇게 거창한 일은 아니야. 정말로 명령한 일밖에 못 해."

"그게 변태적이라는 거야!"

하하하! 웃음으로 무마했지만 노아는 납득할 수 없다는 표정을 지었다.

"그러고 보니 옷 가게는 어디 있어?"

"바로 근처야. 펠드라는 사람이 경영하는 수제 옷 가게인데, 당신이 와도 평범하게 대해 줄 거야, 아마도."

"그건 고맙네."

의심하는 눈길을 받는 건 그나마 괜찮지만, 적의가 담긴 시선이

제일 싫다. 아직 이 마을에서 그런 시선을 받지는 않았지만…….

"그러고 보니 마을에서 당신에 대한 인상이 조금 바뀐 것 같아."

"어떤 식으로?"

"자기가 내린 비에 쫄딱 젖는 괴짜."

"흐, 흐응……."

부정할 수 없다는 것이 괴롭다. 그 말 그대로라서 아무 말도 할 수 없었다.

신묘한 표정이 되는 나를 보고서 노아가 입가를 가리고 키득키득 웃었다.

"후후, 그 밖에도 있어. 뭘 하고 있는지는 모르는 모양이지만, 당신이 뭔가를 노력하고 있다는 건 마을 사람들에게도 제대로 전해지고 있어."

"그래? 그건 다행……인가?"

"당연히 다행이지. ……아니, 무조건 다행이라고는 할 수 없나? 수상한 사람에서 괴짜로 바뀐 거잖아."

수상한 사람과 괴짜, 둘 다 싫은데.

하지만 실제로 자기가 만든 비를 맞으며 밭일하는 걸 보면 당연히 이상하게 여기겠지. 마을 사람들이 비채소를 알고 있는지도 모르겠고.

"그런데 왜 옷 가게에서 로브를 사는 거야? 에릭 씨라면 로브 정도는 가지고 있을 것 같은데."

"날 위해 필요하다고 했어. 인챈트를 한다나 뭐라나……?"

"인챈트라고?! 당신 진짜 운이 좋은 건지 나쁜 건지 모르겠다……."

인챈트라는 명칭을 보고 물질에 마법을 부여하는 거라고 생각했는데 아닌가?

그렇게 묻자 노아는 더더욱 어이없어하며 입을 열었다.

"그 인식은 틀리지 않았어. 굉장한 건 그걸 하는 사람이 에릭 씨라는 거야."

"에릭 씨라서?"

"『북쪽의 대현자』라는 이명은 거저 얻은 게 아니야. 마법을 통달한 에릭 씨가 인챈트한 아이템은 타의 추종을 불허하는 지고한 일품. 일류 마법사라면 군침을 흘릴 만한 물건이야."

"……그런 굉장한 걸 내가 받아도 되나?"

"당연히 받아도 되지. 당신이 안 받으면 내가 억지로 떠넘길 거야."

"그, 그래?"

어제 에릭 씨가 가볍게 말해서 간단한 일인 줄 알았는데……. 그렇게 어마어마한 일일 줄은 생각도 못 했다.

"도착했어."

내심 에릭 씨에게 감사하고 있으니 노아가 앞에 있는 건물을 가리켰다.

빨간 지붕에 벽이 하얀 집. 그 밖에도 가옥이 몇 개 있고 마을 사람들의 모습도 드문드문 보였다.

"작지만 이곳이 마을의 중심부야. 리온은 여기서 식자재 같은 걸 사지 않을까?"

"흐응."

확실히 채소와 과일이 진열된 가게나 빵을 둔 가게도 있었다. 그 외에 원래 세계에서는 거의 볼 수 없는 대장간도 있었다.

좁지만 걸어 다닐 수 있는 곳에 필요한 물건이 갖춰져 있어서 좋았다.

노아와 함께 마을에 발을 들이자 낯선 내 존재를 알아차린 주민들이 놀란 표정을 지었다.

『이봐, 저 녀석…… 혹시 비내리군소 아니야?』

『어? 아, 정말이네. 밭에 비를 내리고 자기가 맞는 별난 녀석이야.』

『그런데 왜 노아 님과 함께 있는 거지?』

괴, 괴짜라는 인식이 정착되고 있어…….

일주일간 쫄딱 젖으며 비채소를 재배했으니 그럴 만도 하지만 역시 석연치 않다.

"……응?"

잠깐만, 지금 나를 뭐라고 불렀지?

잘못 들은 게 아니라면『비내리군소』[#1]라고 불렀지?

『노아 님께서 말씀하신 대로, 딱 비내리군소라는 느낌이야.』

『맞아. 비를 내리는 남자. 그야말로 비내리군소지.』

노아 님께서 말씀하신 대로?

"노아."

"……으, 응?"

#1 비내리군소 아메후라시. 비를 내린다는 뜻이지만 바다에 사는 연체동물인 군소를 뜻하기도 한다.

"내 별명이 비내리군소가 된 것에 관해 질문해도 될까?"

"……"

겸연쩍은 듯 시선을 피한 노아는 어색하게 웃었다.

"비, 비내리군소라는 울림 귀엽지 않아? 당신에 대한 불편함도 완화되지 않을까 해서."

「데헷☆」하며 장난스럽게 웃었으나 내 별명이 비내리군소라는 사실은 변하지 않는다.

"아무리 그래도 비내리군소는 아니지……."

군소라면 그거잖아. 민달팽이 같이 생겨서 보라색 체액을 분비하고 감촉이 말랑말랑한, 대체로 여성에게는 인기가 없을 별난 생물이잖아?!

"나, 나는 싫지 않아! 좋잖아, 비내리군소! 오히려 내 작명 센스에 탄복할 지경이야!"

"뻔뻔하게 나오는 건가……."

"귀족은 원래 제멋대로야!"

새삼 듣기 전까지 네가 귀족 아가씨라는 걸 잊고 있었어.

뭐, 이상한 별명으로 불리는 건 익숙하니 딱히 상관없지만, 비의 남자 다음에는 비내리군소인가. 도시 전설에서 요괴 같은 별명으로 바뀌어 버렸다.

"자! 얼른 가자!"

"아, 잠깐, 옷 잡아당기지 마."

노아는 얼버무리듯 소매를 잡고 빠르게 길을 나아갔다.

마을 사람들의 주목을 모으며 빨간 지붕 가게에 도달해 문을 열고 들어가자 많은 옷이 비좁게 늘어서 있었다.

　"어서 오…… 어라? 노아 님이잖아. 오늘은 무슨 일로 오셨어?"

　손님의 내점을 알아차리고 가게 안쪽에서 날씬한 남성이 나왔다. 이 사람이 노아가 말했던 펠드 씨인가.

　"안녕, 펠드 씨. 오늘은 이 사람이 로브가 필요하다고 해서 데려왔어."

　"안녕하세요. 처음 뵙겠습니다."

　일단 가볍게 인사했다.

　펠드 씨는 내 얼굴을 빤히 보더니 이해한 듯 고개를 끄덕였다.

　"아~ 에릭 씨네 집에서 지내는 사람이구나. 소문은 들었어. 밭일, 열심히 하는 모양이더라."

　"하, 하하, 감사합니다."

　처음으로 마을 사람이 평범하게 대응해 줬지만, 기쁨이 얼굴에 드러나지 않게 노력했다.

　"아 참, 미안. 로브 말이지? 어떤 게 좋을까?"

　"음, 제 몸에 맞는 크기에……."

　역시 색은 무난하게 검정으로 해야 할까?

　로브는 코트와 다를 테고, 어떤 형태를 부탁하면 좋을지 모르겠다.

　영화나 만화 등에서 마법사가 입을 법한 로브들을 앞에 두고 끙끙대며 고민하고 있으니 옆에 있던 노아가 끼어들었다.

　"에릭 씨가 손수 인챈트할 거니까 그럭저럭 괜찮은 물건이 좋지 않을까?"

"어? 그런 거야?! 그렇다면 딱 좋은 게 있어! 금방 가져올 수 있는데 어때?"

"예? 아, 네."

에릭 씨가 인챈트한다는 걸 알았을 뿐인데 이 반응이라니…….

괴짜 취급을 받고 있다고 본인은 말했지만, 실제로는 훨씬 존경받고 있는 거겠지.

다시금 에릭 씨의 대단함을 실감하며 가게 안쪽으로 간 펠드 씨를 기다리자 몇 분 후 나무 상자 같은 것을 안고 돌아왔다.

"우리 가게가 자랑하는 일품이야."

펠드 씨는 카운터 위에 둔 나무 상자를 열고 안에 들어 있던 것을 꺼냈다.

회색 로브였다.

"이건 미러울프라는 늑대 마물의 모피를 로브로 만든 거야."

"마물의 모피요?"

"그래. 운 좋게 손에 들어온 모피로 만들기는 했는데, 사는 사람이 아무도 없어서 먼지만 쌓이고 있었어. ……그래서, 어때?"

펠드 씨가 내민 회색 로브를 받아 감촉 등을 확인해 보았다.

모피라고 해서 꺼슬꺼슬한 감촉일 줄 알았는데 굉장히 매끄러웠다.

"입어 봐도 될까요?"

"그럼, 그럼."

확인받고서 시험 삼아 입어 보았다.

……뭐지, 착용감이 굉장히 좋다. 로브는 처음 입는데 넉넉하게 입을 수 있구나. 원래 세계의 진베이 같은 느낌이다.

"어머, 잘 어울려."

"그래? 착용감은 좋지만 잘 어울리는 것 같지는 않은데."

"내 말을 믿어."

근거 없는 자신감이지만 「그것도 그런가?」 하는 생각이 드니 대단하다. 뭐, 노아의 말을 믿어 보기로 할까.

"이걸 사고 싶은데 가격은 어느 정도인가요?"

마물의 모피로 만든 로브다. 틀림없이 상당한 가격이리라.

일단 에릭 씨에게 돈을 받기는 했지만, 돈이 모자란다면 이 로브는 포기할 수밖에 없다.

"가격은 평범한 로브와 똑같이 받을게."

"예? 그럴 수가. 이거 비싼 물건 아닌가요……?"

"먼지만 쌓이던 물건이기도 하고, 제작자로서는 소중히 보관되는 것보다 사용되는 편이 행복해. 그러니까 가격은 별로 중요하지 않아."

장인 기질이구나.

산뜻하게 웃는 펠드 씨를 따라 웃고 말았다.

그 후, 나와 노아는 로브 값을 내고 옷 가게를 나왔다.

"흐흥, 오길 잘했지?"

노아는 내가 안고 있는 로브가 든 나무 상자를 보고서 득의양양한 표정을 지었다.

"그래, 정말 다행이야. 설마 이렇게 친절히 대해줄 줄은 몰랐어."

"당연하지. 이곳에 나쁜 사람이라고는 한 명도 없어. 다들 친해지면 좋은 사람들뿐이야."

확실히 그러네. 미움받고 있으니 그리 간단히 친해질 수 없겠다고 멋대로 결론짓고 다가가는 것을 잊고 있었다. 다름 아닌 눈앞에 있는 노아가 그걸 깨닫게 해 줬다.

"고마워."

"뭐, 뭐야? 느닷없이 기분 나빠."

"아니, 그냥."

기분 나쁘다는 소리에 약간 상처 받으며 걸음을 뗐다.

여기서 할 일은 완수했으니 일단 밭으로 돌아갈까. 슬슬 비구름의 마력도 다 떨어질 테고.

조금이라도 긴장을 늦추면 비채소는 시들어 버린다. 늘 흙에 물기가 있는 상태를 유지하지 않으면 자랄 것도 자라지 않는다.

"밭 생각밖에 안 하네."

농사가 싫어서 고향을 뛰쳐나온 나답지 않은 경향이기는 했다.

내가 생각하기에도 의외인 변화였다.

괴롭고 힘들 때는 있지만, 신기하게도 그만두고 싶다는 생각은 안 들었다. 오히려 보람 같은 것을 느끼고 있었다.

"더 힘내 볼까."

지금부터 더 힘들어진다.

그게 두렵기도 하지만 기대되기도 했다.

＊＊＊

밭일을 끝내고 귀가한 나는 에릭 씨의 서재에 가서 낮에 산 로브를 보여 줬다.

"좋은 로브야."

"네, 옷 가게 주인에게 추천받았습니다."

리온에게도 보여 주려고 했지만 아직 돌아오지 않았는지 집에 없었다. 아마 저녁에 쓸 산나물을 캐러 갔을 것이다.

"이 정도 물건이라면 인챈트하기도 쉽지. 저녁 식사 전에는 끝나겠군. 바로 작업을 시작하지."

그렇게 중얼거리기가 무섭게 로브를 무릎에 올린 에릭 씨는 손바닥에 연초록색 마력을 띄워 로브에 불어넣듯 흘리기 시작했다.

"뭐 하시는 건가요?"

"바람 마법을 짜 넣고 있다네. 이렇게 하면 그저 천일 뿐이었던 로브에 보이지 않는 얇은 공기막이 생기게 되지."

"공기막⋯⋯ 으음, 그럼 물을 튕기게 되는 건가요?"

"그래. 그 밖에도 깃털처럼 가벼워지고, 로브 안에 바람이 통하게 돼서 더위 때문에 고생할 일도 없어져."

"네에?!"

즉, 바람 마법이 부여된 이 로브를 입으면 비를 막고, 깃털처럼 가볍고, 쿨비즈 사양이라 덥지 않은 멋진 환경에서 밭일에 임할 수 있다는 건가?!

역시 마법은 엄청나구나!!

아니, 냉정히 생각해 보면 이런 다기능 로브를 간단히 만드는 에릭 씨가 더 대단한가. 하아~ 이러니 마법사가 군침을 흘리지.

"뭐, 결점이라면, 어디까지나 마법을 짜 넣은 것이라 그걸 유지하는 마력은 착용자인 자네가 보충해야 한다는 것과 전투에는 그다지 도움이 안 된다는 것이지."

"제게는 그것만으로도 감사합니다."

마력은 남아돌기에 문제없고.

전투는 싸울 예정이 없고, 싸울 생각도 없으니 오케이.

"그보다 제대로 싸워 본 적도 없는 저한테 갑자기 싸우라고 해도 무리예요."

"하하하, 확실히 그렇군. 하지만 만에 하나 마물에게 습격받을지도 모르니 전혀 있을 수 없는 얘기라고는 할 수 없어."

아~ 마물이라. 지금까지 조우한 적이 없어서 생각도 못 했다.

"그때는 집중 호우로 시야를 좁혀 못 움직이게 한 다음, 전력으로 도망치겠습니다. 비구름을 미끼로 써서 도망치는 방법도 있고요."

공격에 나선다면 상대의 머리를 비구름으로 감싸는 것도 좋다. 마물 주위를 비구름으로 싹 덮어 버리는 것도 괜찮다.

"하하하, 습격하는 마물 쪽은 견디기 어렵겠지."

"직접 공격할 수 없는 만큼 괴롭히기에 특화됐으니까······."

욕심을 부리자면 좀 더 쓰기 편한 마법이 좋았겠지만, 자신의 마법을 서서히 받아들이고 있는 지금, 바꿀 마음은 없었다.

에릭 씨와 실없는 잡담을 나누고 있으니 현관문이 열리는 소리가 들렸다.

"리온이 돌아왔나?"

"아무래도 그런 것 같네요."

슬슬 이야기를 마무리하고 저녁 준비를 도울까.

에릭 씨에게 양해를 구한 후 방을 뒤로하려고 했지만— 그보다 먼저 리온이 살짝 숨을 몰아쉬며 방문을 벌컥 열었다.

"우왓?! 무, 무슨 일 있었어? 그렇게 급하게……."

"응, 미안."

"무슨 일이냐? 리온."

에릭 씨가 방에 들어온 리온에게 물었다.

자세히 보니 급히 방에 들어온 리온의 품속에 천으로 감싼 뭔가가 있었다.

"숲에서 산나물을 찾다가 이걸 발견했어."

"음? 어디 보자……."

에릭 씨가 리온에게 꾸러미를 받았다.

궁금해진 나는 에릭 씨에게 다가가 옆에서 들여다보았다.

"알껍데기……?"

타조알 정도 크기의 깨진 알껍데기가 있었다.

하지만 그 껍데기의 바깥쪽은 알이라기보다 돌처럼 울퉁불퉁하여 마치 화석 같은 생김새였다.

"리온, 이건 어디서 찾았니?"

"하루마가 쓰러져 있던 곳 근처. 흙벽이 무너진 곳에 깨져 있었어."

"……생물의 알은 전문 분야가 아니지만, 이건 아무리 적게 봐도 100년 이상 된 알이야. 하지만 안쪽은 놀라우리만큼 새로워."

에릭 씨는 흥미롭게 알껍데기를 관찰했다.

"리온, 한동안 숲에는 들어가지 않는 편이 좋겠구나. 만약 이 알에서 부화한 생물이 위험한 종이라면 만일의 사태가 벌어질지도 모르니 말이다."

"알겠어. 마을 사람들에게도 전할까?"

"그래. 나도 랑그롱 군에게 주의를 촉구하라고 전해 두마."

정체를 알 수 없는 생물의 알. 심지어 알의 크기를 보면 꽤 크게 성장할지도 모른다.

마물이라는 존재가 낯선 나도 정체 모를 공포를 느꼈다.

"이 껍데기는 왕국에 있는 지인에게 보여 줘야겠어."

"바로 알 수 있나요?"

"이것의 정체를 알고 있다면 그렇게 시간은 걸리지 않겠지. 연락 수단도 공간을 연결하는 방식이니까."

공간을 연결한다면…… 멀리 있는 사람과 연락하는 마법이었던가?

공간을 오갈 수는 없지만 상대의 모습과 목소리를 알 수 있으니, 휴대 전화도 인터넷도 없는 것을 생각하면 굉장한 마법이다. 하지만 지금은 그 사실에 놀라고 있을 때가 아니었다.

"만약 위험한 생물이라면……?"

조심조심 묻자 에릭 씨는 신묘하게 고개를 끄덕이고 눈을 내리떴다.

"그때는 왕국에 토벌대를 보내 달라고 할 수밖에 없지. 이곳에는 싸울 수 있는 자가 별로 없으니."

새로운 것이 넘쳐 나는 새로운 세계.

하지만 밝고 즐거운 일뿐만 아니라 위험도 존재함을 이때 나는 자각하지 않을 수 없었다.

제6화 밭에 다가오는 위기

정체를 알 수 없는 알껍데기의 존재는 마을에 적잖은 충격을 줬다.

숲에 정체 모를 생물이 살고 있을지도 모른다.

흉포한 생물일지도 모른다.

지금 숲에 들어가는 것은 위험하다.

그런 억측이 난무하며 마을 사람들은 불안해했다.

하지만 그런 와중에도 나는 여전히 밭에 비를 내리고 있었다.

"어떤 생물이 나오든 내 일상은 변함없이 밭이야."

알껍데기를 리온이 발견하고 사흘이 지났으나 나만큼은 특별한 변화 없이 평소처럼 비양배추를 키우는 일상을 보내고 있었다.

오늘도 에릭 씨가 마법을 부여해 준 로브를 입고 밖에 나섰다.

역시 마법 로브는 가벼웠고 더위가 느껴지지 않아 쾌적했다.

게다가 옷자락이 아슬아슬하게 지면에 닿지 않아서 질질 끌리지 않고 평범하게 걸을 수 있었다.

나는 애용하는 가래를 꺼내고 손바닥에 비구름을 만들었다.

"그럼 오늘도 힘낼까."

세 비구름에 명령을 내리고 밭에 보냈다.

날아간 비구름은 완만한 곡선을 그리듯 이동하여 비양배추에 물을 줬다.

모든 비양배추에 골고루 비가 내리고 있음을 확인하고서 후드를 쓰고 밭에 들어가 비양배추의 상태를 보았다.

입고 있는 로브에 비가 쏟아졌으나 빗물은 바람 마법이 부여된 로브 위를 미끄러져 내려갔다.

"······딱 봐도 알 수 있을 만큼 커졌어."

일반적인 모종보다 한층 커진 비양배추의 잎을 하나씩 확인하여 벌레가 꼬이지 않았는지 보고 흙의 상태도 점검했다.

······응? 흙이 조금 적네. 비에 쓸려 갔나.

어깨에 메고 있던 가래로 비양배추가 심긴 곳 옆을 파서 흙이 적은 부분을 보충했다.

처음에는 모든 작업이 고행이었으나 익숙해지니 즐거워졌다.

무엇보다 비양배추라는 작물을 직접 키우고 있다는 실감이 들었다.

"여유도 생기기 시작했고, 밭을 넓혀 볼까."

비양배추는 순조롭게 자라고 있으니 슬슬 밭을 넓히는 것도 한 방법이다.

"—끼잉."

"응?"

지금 뭔가 울음소리가 들린 것 같은데.

주위를 둘러봤지만 아무것도 없었다.

"······기분 탓인가."

역시 피곤한 걸까.

"하루마, 나 왔어. ······왜 그런 곳에서 멍하니 있어?"

"응? 리온이구나. 아니, 아무것도 아니야."

마음을 다잡고 작업에 돌아가자. 농땡이 피우고 있다고 리온이 생각하는 것도 싫고.

다시 쭈그려 앉아 작업에 돌아가니 늘 앉는 위치에 앉은 리온이 말을 걸어왔다.

"그러고 보니 하루마. 조심하는 편이 좋겠어."

"뭘?"

리온의 말에 고개를 갸웃했다.

"비채소는 자라면서 채소 특유의 단내를 풍긴대. 그게 생물을 끌어들이는 모양이야."

"벌레 같은 것도?"

"벌레는 하루마의 기후마법으로 확실히 관리하면 문제없는 것 같지만, 동물은 안 그런가 봐."

그렇다면 앞으로는 숲에서 오는 동물도 조심해야겠네.

"뭐, 이 주변에 사는 동물은 그렇게 크지 않아서 위험하진 않아."

"원숭이 같은 게 나와?"

"적어도 나는 본 적 없으려나."

원래 있던 세계에서도 그랬지만, 야생 원숭이만큼 성가신 동물은 없다.

사슴이나 멧돼지도 떠올랐지만, 크게 위험한 생물은 없다고 했으니 신경 쓰지 않아도 될 것이다.

"마을 사람들은 울타리를 쳐서 동물이 들어오는 걸 막으니까 하루마도 그러는 편이 좋지 않을까?"

"흐응~ 그런가. 그럼 나도 울타리를 만들어 볼까."

분명 오두막 뒤편에 목재가 쌓여 있었지. 그리고 못이랑 망치도 있었다.

그걸 사용해서 간단한 울타리를 만들어 보자. 지금부터 만들기 시작하면 어두워지기 전에는 완성되겠지.

"그렇게 정했으면 바로 착수할까."

기분은 주말 목공이었다.

아까 들린 울음소리를 사고 한구석으로 쫓아내며 나는 신나게 목재를 가지러 갔다.

＊＊＊

그때 나는 낙관적으로 보고 있었다.

그래 봤자 동물이니 그렇게 집념이 대단하지는 않을 거라고.

울타리를 넘을 수 없다는 걸 알면 바로 돌아갈 거라고.

하지만 나는 몰랐다.

비채소라는 극상의 채소가 가진 마성의 향기.

그리고 그에 꾀여 폭주한 초식 동물이 얼마나 무서운지 나는 통감하게 되었다.

왜냐하면 튼튼하게 만들었을 터인 울타리가 훌륭하게 쓰러져 있었기 때문이다.

계기는 다급한 얼굴로 집에 온 노아의 말이었다.

"울타리가 쓰러졌어!"

그 말에 황급히 집을 뛰쳐나가 비양배추를 심은 밭으로 달렸다.

"울타리가 쓰러졌다니, 어떤 상황이었어?!"

"나도 몰라! 하루마의 밭에 친 울타리를 뭔가가 쓰러뜨렸다고 마을 사람이 당신한테 전해 달라고 해서……!"

"뭔가가 쓰러뜨렸다고?! 채소는 어떻게 됐어?!"

"그건 괜찮아! 밭을 망치기 직전에 내쫓아 줬대!"

그 사람에게는 나중에 고맙다고 해야겠네!

마을 사람의 친절에 감격하면서도 한시라도 빨리 밭을 확인하기 위해 전력으로 달렸다.

몇 분 후 밭에 도착하여 눈앞의 광경을 보고 말문이 막혔다.

"이게 무슨……?!"

한나절을 걸려 만든 울타리 한쪽이 훌륭하게 쓰러져 있었다.

"무, 무슨 일이 있었던 거야?!"

어제까지 이상은 없었을 텐데 왜 이렇게 됐지.

멍하니 그 자리에서 움직이지 못하고 있으니, 부러진 울타리로 다가간 노아가 지면을 주시하며 작게 한숨을 쉬었다.

"그랬구나. 하루마, 밭을 덮친 생물의 정체를 알았어."

"알았어?!"

"이 작은 발자국을 봐."

노아의 말을 따라 지면에 찍힌 발자국을 보았다. 내가 아는 동물의 발자국과는 명백하게 다른 형태라서 무슨 동물의 발자국인지 알 수 없었다.

"이렇게까지 해서 먹으려고 하다니…… 당했어……!"

"당했다니? 혹시 숲에 있을지도 모르는 정체 모를 생물 짓이야?"

현재 마을을 떠들썩하게 만들고 있는 수수께끼의 생물이 먼저 떠올랐다.

깊이 박은 울타리를 쓰러뜨릴 만한 힘을 가지고 있다면 상당히 큰 몸집이나 힘을 가진 생물이리라.

"아니, 틀렸어. 다른 생물이야. 이 마을에서 채소를 가꾸는 자들이 얕봐서는 안 될 동물이 한 짓이야."

"얕봐서는 안 될 동물……?"

"아직 활동할 시기가 아니라서 하루마에게 가르쳐 주지 않아도 될 줄 알았는데, 확연하게 작년보다 일찍 활동을 시작했어."

노아는 대체 어떤 동물의 짓이라고 생각하는 거지?

얕봐서는 안 될 동물이라고 하니까 위험한 동물밖에 안 떠오르는데.

"무서운 건 이렇게까지 그 녀석들을 끌어들이는 비채소야……."

"노아, 슬슬 가르쳐 줘. 대체 뭐가 내 밭을 덮친 거야?"

생각에 잠긴 노아에게 답을 재촉했다.

노아는 심각한 표정으로 나를 돌아보더니 범인의 이름을 말했다.

"토끼야."

"……뭐?! 토끼라면, 그 토끼?!"

빨간 눈과 하얀 털을 가진 그 귀여운 동물을 말하는 건가?

역시 그건 아니라고 생각하여 부정했지만 노아는 진지한 표정을 짓고 있었다.

"이 발자국은 옆으로 늘어선 두 개가 앞쪽에, 세로로 늘어선 게 뒤쪽에 있어."

"으, 응."

자세히 보니 Y자를 연상시키는 발자국이었다.

"보통은 앞에 있는 큰 발자국이 앞발이라고 생각하겠지만 실제로는 달라. 토끼는 깡충깡충 뛰어서 뒷발이 앞에 나오는 발자국이 돼."

토끼의 발자국 같은 건 전혀 본 적 없지만, 뜀틀을 뛸 때처럼 달리는 건가?

"문제는 평범한 토끼가 아니라는 거야. 이 녀석은 토끼형 마물, 써니래빗이야."

"마, 마물…… 그렇게 위험한 토끼야?"

아직 한 번도 마물이라는 존재는 보지 못했으나 토끼라면 별로 위험할 것 같지 않았다.

……아니, 그건 일본에서의 이미지에 불과하다. 외국에서 토끼는 작물을 뜯어먹는 동물이라는 측면을 가지고 있었다. 유해 조수까지는 아니어도 작물에 악영향을 주는 생물인 건 확실했다.

"아니, 위험한 마물은 아니야. 평범한 토끼보다 조금 재빠를 뿐이고, 평범한 사람에게는 그렇게까지 위협이 되지 않아. ……평범한 사람에게는 말이야."

"다른 의미에서 성가신 상대라는 거야?"

지금 상황을 보면 알 수 있었다.

평범한 사람에게는 해가 없지만 농가에는 천적 같은 존재. 원래 세계에서 찾아보자면 사슴, 멧돼지, 원숭이, 두더지 등에 해당하는 존재라는 건가.

"써니래빗은 두세 마리씩 무리 지어 움직여. 발자국을 보건대 이 무리는 세 마리. 유일하게 다행인 점은 써니래빗이 밝을 때만 활동하는 마물이라는 거야."

아아, 그래서 써니래빗인가. 비채소도 그렇고, 써니래빗도 그렇고, 이 세계는 알기 쉬운 이름이 많네.

"하루마, 이건 전쟁이야."

태평한 생각을 하는 내게 노아가 진지한 음색으로 말했다.

······이 아이, 뭔가 눈이 무섭지 않아?

"우리 농가와 써니래빗의 싸움은 줄곧 이어지고 있어. 그 녀석들은 머리와 코가 좋고 움직임도 잽싸서 잡히지 않아."

"노, 노아······?"

"하루마, 그 녀석들에게 빈틈을 보이면 안 돼. 그 순간 바로 채소에 이빨이 박힐 거야."

"그, 그건 너무 호들갑······."

"전혀 모르고 있어!"

연상인 내가 압도될 정도로 노아가 눈을 번뜩이며 노려봐서 부르르 떨고 말았다.

그보다 농가라니……. 너는 귀족 아니었어? 언동이 완전히 농가 측 시점인데.

내가 의문스러워하든 말든 노아는 써니래빗을 향한 투지를 드러냈다.

"그렇게 여유 부릴 수 있는 것도 지금뿐이야. 이제까지라면 몰라도 올해는 달라."

"다르다니……."

"비채소, 그게 있는 것만으로도 이야기가 달라져. 비채소는 평범한 채소와 일선을 긋는 맛을 내포한 엄청난 채소잖아? 그걸 모를 써니래빗이 아니야."

"그렇다면 내 비양배추를 집중적으로 노린다는 거야?"

내 말에 노아가 고개를 끄덕였다.

리온이 했던 충고가 빠르게도 현실이 되어 버렸네.

"—뀨."

"웃!"

"응?"

그때, 귀여운 울음소리가 밭 근처에 있는 숲속에서 들려왔다.

험악한 표정으로 그쪽을 홱 돌아본 노아를 따라 뒤늦게 같은 방향을 보니 연주황색 털이 특징적인 토끼가 한 마리 있었다.

비채소를 위협하는 존재라고 듣고 긴장했던 나는 그 사랑스러운 외양에 맥이 빠져 버렸다.

"노아, 저게 써니래빗—."

"침착해, 저 녀석은 미끼에 불과해. 진짜는 따로 숨어 있어."

묘한 심리전을 시작할 듯한 노아의 기세에 어이없어하며 주위를 둘러보았다.

……다른 개체는 보이지 않았다.

"지금 당장 쫓아내면 되는 거 아니야?"

"섣불리 손대면— 먹혀."

말만 들으면 굉장히 위험한 것 같지만, 그 말끝에 붙을 말은 『채소가』이니 굉장히 맥 빠지는 일이었다.

토끼 한 마리와 눈싸움.

고작 토끼 상대로 왜 이런 일을 벌이고 있는 걸까. 그렇게 정신이 들자 꿈쩍도 하지 않고 이쪽을 살피던 써니래빗이 예고도 없이 움직이기 시작했다.

"뀨~!"

"웃, 오, 오는 건가?!"

상상했던 것보다 훨씬 재빠른 써니래빗의 움직임에 당황했다.

아, 안 돼, 이대로 있다가는 내 비양배추가 먹힐 거야. 다가오는 써니래빗을 가만히 보고 있을 수 없게 된 나는 순간적으로 앞으로 뛰쳐나가 써니래빗을 쫓아내려고 했다.

"하루마! 밭에서 멀어지면 안 돼!"

"상대는 한 마리, 이 녀석만 쫓아내면—."

이미 써니래빗은 코앞에 있었다.

인간을 무서워하지 않고 다가오는 그 근성은 인정하지만 슬프게도 체격 차는 뒤집을 수 없다.

"얌전히 숲으로 돌아가!"

토끼 상대로 우쭐거리며 쫓아내려고 오른발을 든 그 순간— 옆에서 맹렬하게 다가온 뭔가가 내 왼발 복사뼈에 부딪혔다.

"뭐야?!"

"뀨—!"

휘청거리며 발밑을 보니 써니래빗 두 마리가 있었다.

"아, 아니?! 두 마리가 더 있다니?!"

눈앞의 개체에 집중시키고 다른 두 마리가 내 다리를 걸러 온 건가?! 얕봤던 건 나였다!

이 녀석들은 처음부터 나를 함정에 빠뜨리려고 선뜻 접근한 것이다!

"뀨이!"

""뀨—!""

속수무책으로 넘어진 나는 써니래빗의 예상치 못한 연계에 얼떨떨해할 수밖에 없었다.

나라는 방해를 배제한 써니래빗 세 마리는 넘어진 내게 눈길도 주지 않고 비양배추가 있는 밭으로 향했다.

녀석들이 가는 곳은 울타리가 파괴되어 유일하게 밭에 들어갈 수 있는 부분이었다.

"그렇게 간단히 훔칠 수 있을 줄 알았다면 오산이야!"

"노아!"

한심한 나와는 대조적으로 써니래빗의 유인에 걸리지 않은 노아가 녀석들 앞을 가로막았다.

선두에 있던 써니래빗이 망설이듯 멈춰 서더니, 노아 상대로는 불리함을 깨달았는지 숲으로 되돌아갔다.

"뭐 저런 녀석이 다 있어……."

정말로 토끼인가? 눈앞에 목표가 있는데 간단히 포기했다.

너무나도 깨끗하게 물러났다.

그 판단에 전율하며 물러가는 써니래빗들을 응시하고 있으니 숲에 들어가기 직전에 한 마리가 나를 돌아보았다.

한눈에 알 수 있었다. ……저 녀석이 우두머리다.

"뀨."

"……!"

이때를 나는 잊지 못할 것이다.

나를 넘어뜨린 토끼들은 이쪽을 보고 명백하게 비웃었다.

『저 녀석, 별거 아니네』하고.

『그 먹이, 잘 키워 둬』하고.

『우리가 먹을 거니까』하고.

말은 이해할 수 없지만 분명…… 아니, 틀림없이 그런 말을 했다.

마지막으로 한 번 더 비웃듯 울음소리를 낸 써니래빗은 동료를 데리고서 숲속으로 사라졌다.

그것을 지켜보고 말없이 일어선 나는 녀석들이 사라진 풀숲을 바라보며 로브에 묻은 흙을 털었다.

"……노아. 네가 저 녀석들을 적대시하는 이유를 알 것 같아."

뭐지. 지금까지 진심으로 화낸 적은 없지만 굉장히 열받았다.

그만큼 토끼 따위에게 무시당한 것이 충격적이었다.

"……저 녀석은 이제, 내 적이야."

"아니, 「우리」의 적이야. 그렇지? 하루마."

노아의 눈은 험악한 분위기를 풍기고 있었다.

아마 내 눈초리도 비슷할 것이다.

"크크크, 나를 업신여긴 죗값을 치르게 해 주마. 기대하라지……. 어떤 수단을 써서라도 쫓아내겠어!"

"후후후. 바로 그거야. 그 정도 마음가짐은 있어야 저 녀석들과 싸울 수 있어."

크크크, 후후후, 섬뜩하게 웃으며 우리는 밭일로 돌아갔다.

이리하여 내 비양배추 재배 일상에 써니래빗 대책이라는 새로운 작업이 추가되었다.

"—끼잉."

한참 밭일을 하고 있을 때, 또 뭔가의 울음소리 같은 환청이 들렸다.

희미하게 들린 울음소리.

그것을 바람 부는 소리 같은 거라고 단정 지은 나는 크게 신경 쓰지 않고 작업에 집중했다.

***

밭을 덮치는 침략자, 써니래빗과 만나고 엿새가 지났다.

그 엿새간은 치열하다고 말해도 좋을 만큼 격렬하고 긴박한 싸움의 연속이었다.

첫째 날.

어제와 똑같이 기습해 온 써니래빗을 이번에는 내가 속이려고 했지만 기막히게 간파한 모양이라 또 지면에 넘어져 흙 맛을 알게 되었다.

좀 더 똑똑한 방법으로 대처하자고 속으로 맹세했다.

둘째 날.

노아의 협력하에 함정을 준비했다.

노아가 직접 만든 함정은 먹이로 동물을 유인하여 올가미에 들어온 순간 포획하는 고전적인 함정이었다.

너무 노골적인 함정이라 들킬 거라고 생각했지만, 노아는 일부러 알기 쉬운 함정을 두고 바로 옆에 진짜 함정을 준비한다는 2단계 작전을 짰다.

『그딴 치졸한 함정에 걸리겠냐!』 하는 써니래빗의 영리함을 이용한 교묘한 작전에 우리는 승리를 확신했다.

하지만 써니래빗을 이끄는 우두머리는 우리보다 한 수 위였다.

녀석은 동료를 먼저 보내고 한 발 뒤에서 모습을 살피는 방법으로 함정을 확인했다.

2단계 함정에 걸려서 포획당할 뻔한 동료를 옆에서 도운 다른 개체가 첫날처럼 우리를 비웃고 그대로 숲속으로 사라졌다.

노아와 내 분노 게이지가 또 한 단계 올라가고 말았다.

셋째 날.

수동적 대응이 소용없었기에 공세에 나섰다.

녀석들의 모습을 발견한 순간, 소규모 비구름으로 스프링클러처럼 비를 뿌려 내쫓는 작전이었다.

하지만 젖기만 할 뿐 해가 없음을 바로 알았는지 나를 향해 깔보는 울음소리를 내고서 숲속으로 사라졌다.

머리가 너무 좋은 녀석들이라 내 머리가 아팠다.

넷째 날.

의식해서 문제인 거다.

늘 울타리가 쳐진 밭에서 작업하고 있으면 비양배추가 먹힐 걱정을 안 해도 된다는 것을 깨닫고 써니래빗들을 무시하기로 했다.

아무리 밭 근처에 와도 무시.

아무리 도발해 와도 무시.

밭에 들어오려고 할 때만 호우를 내려서 쫓아냈다.

이름하여 『밀어서 안 되면 당겨 봐라(?) 작전』으로 우위를 점하는 데 성공한 우리는 내심 만족스럽게 웃으며 써니래빗의 활동 한 계인 저물녘까지 계속 밭에 있었다.

넷째 날에 드디어 나는 보복에 성공했다.

다섯째 날.

어제와 마찬가지로 써니래빗을 싹 무시하여 이쪽의 페이스를 잡 으려고 했지만 녀석들은 똑같은 방법이 통하는 어설픈 상대가 아 니었다.

놀랍게도 녀석들은 내가 내리는 호우를 막기 위해 커다란 나뭇 잎을 옷처럼 입고 밭에 돌격해 왔다.

너희들, 그 똑똑한 머리를 다른 데다 살리라고! 그렇게 소리쳐 버 린 나는 잘못이 없다.

너무나도 기발한 습격에 당황한 나는 토끼가 비양배추를 먹기 전에 허둥지둥 쫓아내려고 했지만, 녀석들은 비양배추를 무시하고 내 다리에 맹렬한 몸통박치기를 먹였다.

아니나 다를까 나는 질척질척한 밭에 넘어져 진흙투성이가 되었다.

다행히 고랑에 넘어져서 비양배추에는 거의 영향이 없었지만— 그 후 나를 넘어뜨린 써니래빗이 기쁘다는 듯이 울어서 울컥했다.

토끼 상대로 평범하게 폭발할 뻔했지만 어떻게든 냉정함을 유지 했다.

아무래도 써니래빗은 본격적으로 나를 좌절시켜 밭에서 쫓아낼 생각인 듯했다.

여섯째 날.

이날은 조금 이상한 일이 일어났다.

나는 써니래빗을 쫓아내기 위해 움직이고, 써니래빗은 나를 쫓아내기 위해 움직였다.

어떤 의미에서 대조적인 행동 방침하에 움직이던 우리의 싸움은 소모전이었다.

솔직히 서로의 패를 다 알고 있다는 느낌마저 들었지만, 그래도 나는 절대로 물러나지 않았다.

그러나 그 싸움에도 한계가 찾아와서 나는 마침내 한순간 허를 찔려 넘어지고 말았다.

심지어 넘어진 곳은 특히나 질퍽거리는 장소였다.

위험하다고 깨달았을 때, 이미 써니래빗은 내가 키운 비양배추의 잎을 먹기 직전이었다.

순간적으로 소리를 질렀지만 녀석들은 반응하지 않았다.

이대로 먹히는 건가 포기하려고 한 그 순간, 뭔가의 포효 같은 것이 숲속에서 울렸다.

그 소리에 놀랐는지 즉각 비양배추에서 떨어진 써니래빗들은 황급히 포효가 들린 쪽의 반대 방향으로 도망쳤다.

이때는 대체 무슨 일이 일어난 건지 전혀 알 수 없었다.

아니, 지금도 모르겠다.

뭔가가 포효했고, 그것에 겁먹은 써니래빗이 도망쳤다.

아무튼 구사일생한 내가 다시 신나게 비양배추를 돌보기 시작한 것은 말할 필요도 없다.

***

그날 밤.

집에 돌아온 나는 평소처럼 리온, 에릭 씨와 함께 저녁을 먹고 있었다.

"오늘 하루마가 엄청난 소리를 냈어."

"호오, 어떤 소리를?"

"리온, 오늘 일은 잊어 줘……."

낮에 토끼들 때문에 넘어졌을 때, 나는 평생 살면서 그다지 낸 적 없는 큰 소리를 내고 말았다.

『내 밭을 망치지 마아아아아아! 이새끼들아아아아아아!!』

아무리 혼란스러웠다고는 해도 이건 아니다.

게다가 정작 써니래빗들에게는 효과가 없었고, 오히려 써니래빗을 막으려던 리온이 놀라고 말았다.

그때 질겁했던 리온의 표정이 지금도 마음에 새겨져 있었다.

"엄청난 소리였어. 그 후 다른 생물이 숲속에서 포효로 대답했고."

"하하하, 동료라고 생각한 걸까?"

에릭 씨의 말에 쓴웃음으로 대답했지만, 아주 틀린 말은 아닌 것 같아서 부정할 수 없었다.

"그러고 보니 에릭 씨. 그 알껍데기에 관해 뭔가 알아내셨나요?"

리온이 알껍데기를 발견하고 꽤 지났지만 그 후 에릭 씨에게 아무 말도 듣지 못했다.

내 질문에 에릭 씨는 고민스럽게 침음을 흘렸다.

"왕국에 있는 지인에게 내가 상담한 것은 알지?"

"네."

에릭 씨가 물어보겠다고 했었지.

"알껍데기를 보여 주며 물어보니…… 내 예상보다 훨씬 흥미를 보여서 말이야. 연락하려고 해도 연구에 몰두한 탓에 연락이 안 되는 상태가 되어 버렸다네……."

"아……."

"오늘에야 겨우 연락이 됐는데『그 생물은 위험하지 않으니 안심해도 된다』라며 흥분한 기색으로 전하고서…… 무슨 생물인지 거의 설명하지도 않고 일방적으로 이야기를 끝내 버렸어."

에릭 씨의 지인은 개성적인 사람이 많나?

랑그롱 씨도 별난 사람이고.

"하지만 위험하지 않다고 했으니 괜찮은 거죠?"

"그렇다고 해도 정체 모를 생물이 숨어 있다는 건 변함없네. 일단 랑그롱 군에게는 위험하지 않다고 오늘 말해 뒀지만…… 아직 조심하는 편이 좋아."

확실히 전문가가 괜찮다고 했어도, 이쪽이 그 정체를 파악하지 못했으니 안전하다고는 할 수 없었다.

돌이킬 수 없는 일이 벌어진 뒤에 후회해 봤자 소용없다.

"하루마 군. 내 지인은 하나 더 신경 쓰이는 말을 했다네."

"예? 무슨 말을 했는데요?"

"『그곳에 우천 기후마법 사용자가 있나?』라더군. 물론 지인에게는 자네에 관해 말하지 않았어."

뭔가 짐작하고 물어본 것 같은데…… 혹시 알껍데기와 관계가 있는 걸까?

"생각할 수 있는 건…… 자네가 가진 우천 기후마법과 관련된 생물이 이 근방에 서식하고 있을 가능성이 있다는 거지."

"그러고 보니 알껍데기가 있던 곳도 하루마가 쓰러졌던 곳에서 가까웠어."

"혹시 『비의 대지』와 관련된 생물이라든가?"

저번에 에릭 씨에게 듣기로 『비의 대지』에는 비채소 말고도 생물이 살았다고 했다. 어떤 생물인지는 상상이 안 가지만 그게 알에서 부화한 것이다.

"나도 그 가능성이 크다고 생각하네. 하지만 나는 그 분야를 자세히 알지 못해. 『비의 대지』에 어떤 생물이 살았는지까지는 모른다네."

"하하하, 저는 거의 무지하니까요."

에릭 씨는 많은 것을 알고 있지만 전능하지는 않았다.

그리고 나도 언제까지고 에릭 씨만 의지해서는 안 된다.

이야기도 일단락되었으니 요 며칠간 줄곧 고민하고 결정한 일을 말하자.

"에릭 씨, 리온. 하고 싶은 이야기가 있습니다."

"새삼 무슨 이야기이길래 그래? 하루마."

"그렇게까지 공손하게 말할 필요는 없다만……."

두 사람의 시선을 받으니 결심이 무뎌질 것 같았지만, 아슬아슬하게 마음을 다잡고서 나는 시선을 맞췄다.

"요 며칠간 줄곧 생각한 것이 있습니다."

신묘한 내 얼굴을 보고 심상치 않은 분위기를 감지한 리온이 걱정스러운 표정을 지었으나, 나는 상관하지 않고 본론에 들어갔다.

"저, 여기서 이사 가겠습니다."

""……뭐?""

이것이 요 며칠간 정한 답이었다.

습격해 오는 써니래빗으로부터 비양배추를 지키기 위해 나는 밭을 제일 관리하기 쉬운 곳으로 거점을 옮기기로 했다.

제7화 독립생활과 하루마의 결단

썬니래빗으로부터 비양배추를 지키기 위한 수단. 그건 바로 거점을 옮기는 것이었다.

지금은 에릭 씨와 리온이 사는 집에서 밭에 다니고 있지만, 썬니래빗이 비양배추를 노리는 현 상황에 일시적이라고는 하나 밭에서 떨어져 있는 건 그다지 바람직하지 않았다.

그래서 한 생각이 내가 밭 근처에 사는 것이었다.

다행히 비양배추를 심은 밭 옆에는 사람 한 명이 충분히 생활할 만큼 넓은 오두막이 있었다. 지금은 농기구 창고가 되었지만 제대로 청소하면 충분히 지낼 수 있다.

어제 저녁을 먹으며 리온과 에릭 씨에게 눈 딱 감고 그 생각을 고백하자 예상대로 두 사람은 걱정했다.

당연했다. 나는 이 세계의 상식이나 문화 등 아직 다 이해하지 못한 부분이 있고, 마을 사람들도 아직 나를 피하고 있었다.

하지만 언제까지고 에릭 씨와 리온만 의지하고 있을 수는 없었다.

나도 다 큰 어른이다. 자신을 둘러싼 상황 정도는 스스로 어떻게든 해야 했다.

⋯⋯그랬을 텐데 말이지.

"하루마, 생각하지 말고 손을 움직여."

"넵! 제대로 하겠습니다!"

이런. 생각에 잠겨서 리온에게 혼나고 말았다. 허둥지둥 손에 든 걸레로 바닥을 닦아 나갔다.

현재 나와 리온은 밭 옆에 있는 오두막을 청소하고 있었다.

이 오두막은 침대 하나를 놓을 만한 공간이 있고 자유롭게 걸어 다닐 수 있을 만큼 넓어서 혼자 살기에는 딱 좋았다.

하지만 살려면 문제 되는 것이 실내가 완전히 창고화되었다는 점이었다. 거미줄이 둘러쳐져 있고, 온통 먼지가 쌓여 있는 것도 어떻게든 해야 했다.

『……하루마, 걸레랑 빗자루 가져와. 지금 당장, 뛰어.』

의기양양하게 혼자 살겠다고 선언한 다음 날, 오두막 안을 본 리온이 무표정으로 노여움을 드러낼 정도로는 더러웠다.

솔직히 원래 세계의 저기압 상사보다 더 무서웠던 것은 비밀이다.

입을 천으로 덮고 소매를 걷어붙여 청소 준비에 들어간 리온은 어딘가 귀기가 감도는 표정으로 청소를 시작했다.

물론 나도 구경만 할 수는 없는 노릇이었기에 빗자루를 들고 청소에 참여했다.

원래 세계에서는 나도 혼자 살았었다.

청소는 비교적 특기라고 생각하며 솔선해서 리온을 도우려고 했지만—.

"하루마, 쓰레기 모았으니까 밖에 버려 줘."

"네."

"하루마, 빗자루로 바닥을 쓸 때는 조용히. 먼지 일어나."

"……네."

"하루마, 지저분해진 걸레를 계속 쓰면 안 돼. 제대로 빨아."

"……미안."

"하루마."

"태어나서 죄송합니다……."

자신이 너무 형편없어서 넌더리가 났다.

잊고 있었다……. 이 세계에는 청소기 같은 것이 존재하지 않았다.

「청소는 비교적 특기」 같은 소리 하네. 청소를 잘하는 건 내가 아니라 청소기잖아.

왜 나는 이렇게 글러 먹은 인간인 걸까. 아직 자취를 시작하지도 않았는데 에릭 씨와 리온이 있는 집으로 돌아가고 싶어졌다.

혼자 울적해하는 나를 보고 리온은 난처해하며 고개를 기울였다.

"나무통에 물을 채워 줬으면 좋겠는데……."

"아, 죄송합니다. 지금 당장 채우겠습니다."

"왜 존댓말이야……?"

기후마법으로 비구름을 만들어서 나무통을 물로 채웠다.

리온은 손에 든 걸레를 빗물에 담갔다가 꽉 짜고 작업에 돌아갔다.

어색한 나보다도 훨씬 수월하게 청소하는 리온을 보고 자괴감을 느끼며 필사적으로 손을 움직였다.

"하루마, 나는 걱정돼."

"어?"

리온이 중얼거리듯 그렇게 말해서 나는 얼빠진 목소리를 냈다.

"정말로 혼자 살 수 있겠어?"

솔직히 아까까지의 나를 떠올리고 「무리입니다」라고 즉답할 뻔했다. 네가 무슨 우리 엄마야?

어쩌지. 연상으로서의 위엄 따위 이미 없어진 것 같다.

나를 보는 눈이 그렇단 말이야.

상경할 때 배웅하러 왔던 어머니와 똑같은 눈을 하고 있어.

어쩌지. 자괴감에 마음이 꺾일 것 같다.

"혼자서 밥을 지어 먹을 수 있을지 걱정되고, 청소도 부지런히 할지 걱정되고…… 아프지는 않을지가 제일 걱정돼."

"그건 괜찮아."

"하루마는 괜찮은 척하니까 신용할 수 없어."

눈물 날 것 같다.

자신이 한심하기도 하고 부끄러워서 눈물이 날 것 같다.

하지만 지금은 제대로 내 결의를 말로 표현해야 했다. 언제까지고 에릭 씨와 리온의 상냥함에 기대서는 안 된다.

두 사람이 흔쾌히 받아들여 줘도 한 명의 성인으로서 내가 허락할 수 없다.

따지자면 이건 나의 보잘것없는 자존심이지만, 그와 동시에 절대로 양보할 수 없는 일선이라고도 할 수 있었다.

"리온. 확실히 나는 힘들어도 괜찮은 척해. 청소를 잘하지 못한다는 것도 판명됐고, 요리도 잘 못 해. 하지만 그래도 나는 여기서……
비양배추와 가장 가까운 곳에서 생활하고 싶어."

"……."

"걱정해 주는 건 정말로 기쁘지만 이것만큼은 절대로 양보할 수
없어."

그렇게 잘라 말했지만 리온은 여전히 말이 없었다.

아프게 느껴지는 침묵을 한동안 견디자 마침내 리온이 입을 열
었다.

"그렇게까지 생각하고 있다면 더는 말리지 않을게. 하루마가 여
기서 지내는 거 응원할게."

"……고마워."

"하지만 절대 무리하지는 마. 당신은 본인이 생각하는 것 이상으
로 무리하고 있어."

"알겠어. 조심할게."

리온의 말에 고개를 끄덕였다.

리온이 걱정하지 않도록 건강에는 조심하자.

나도 아프기는 싫고, 모두에게 걱정 끼치고 싶지 않다.

"아, 하지만 밥은 우리 집에서 먹어."

"아, 네."

마지막 순간에 반론을 허락하지 않는 어조로 말해서 나는 굴복
할 수밖에 없었다.

아니, 냉정하게 생각하면 요리를 잘 못하는 내가 지은 밥보다 리

온이 만든 밥이 더 맛있으니 어쩔 수 없기는 했다.

그리고 밭일이라는 중노동을 하면서 끼니를 거를 수는 없으니, 식사 쪽은 좀 더 리온에게 신세 지게 될 듯했다.

얼추 청소를 끝내고 쉬는 김에 비양배추의 상태를 살피는 나를 옆에서 지켜보던 리온이 문득 어떤 생각을 떠올렸는지 말을 걸어왔다.

"하루마네 부모님은 어떤 분이셨어?"

"우리 부모님? 왜 그런 게 궁금해?"

"그냥."

그냥이라니…… 뭐, 상관없나. 딱히 말 못 할 이유도 없고.

"……으음. 우리 집이 농가였다는 건 얘기했지?"

"응."

"내가 본 부모님은 즐겁게 농사를 지었었어. 최근에는 뵙지 못했지만, 즐겁게 일하시던 부모님의 모습을 지금도 기억해."

마지막으로 농사짓는 모습을 본 것은 대학을 졸업하기 전쯤이었나. 신정 등에는 고향에 돌아갔지만, 그때는 밭일도 쉬었으니까.

"우리 부모님도 즐겁게 일했어."

"트레저 헌터라고 했지? 역시 고생해서 보물을 찾으면 기쁘려나?"

"아니, 그것 때문이 아니야."

천천히 고개를 가로저은 리온은 오두막 밖에 놓인 의자에 앉았다.

"보물을 발견하기까지의 과정이 제일 즐겁다고 했어. 어떤 결과가 기다리고 있더라도 거기 이르기까지 거친 과정은 틀림없는 보물이라고 아버지는 입버릇처럼 말했었어."

"……뭔가 알 것 같아."

우리 부모님도 작물을 수확할 때 기뻐 보였지만, 거기 이르기까지의 과정— 자신들이 키우는 채소와 마주하고 있을 때가 가장 생기 넘쳤었다.

"방향은 다르지만 우리 부모님과 리온의 부모님이 느꼈던 기쁨은 똑같을지도 몰라."

"그럴지도. 일은 결과가 중요하지만, 거기에 이르는 과정도 중요해. 이 책도 그래. …… 이야기의 결말만 알고 있어도 전혀 재미있지 않아. 거기 이르기까지 변화하는 등장인물들의 관계, 곳곳에 심긴 복선, 그것들이 과정으로서 깊이 뒤얽혀서…… 결말을 자아내는 거야."

리온은 자신의 무릎 위에 놓인 책 커버에 손을 올렸다.

과정이 중요하다, 인가.

"하루마는 어때?"

"어?"

"부모님처럼 비양배추를 가꾸는 과정을 즐기고 있어?"

"……."

리온의 말에 나는 눈앞에 있는 비양배추의 잎을 만졌다.

솔직히 어렸을 때는 부모님이 왜 그렇게 즐겁게 채소를 가꾸는지 이해할 수 없었다. 그저 귀찮고 피곤할 뿐…… 그 정도 작업이라고만 생각했다.

하지만 이렇게 실제로 비양배추라는 작물을 내 손으로 처음부터 키워보니 그 옛날 즐겁게 채소를 가꾸던 부모님의 기분을 잘 알 수 있었다.

"어릴 때는 이해할 수 없었지만 지금은 이해해⋯⋯. 그랬구나, 부모님은 이런 기분으로 밭과 마주했었구나, 하고 말이야."

더는 만나지 못하게 된 뒤에야 깨닫다니, 불효도 이런 불효가 없다.

다시는 만날 수 없는 부모님과 갑자기 이야기하고 싶어져서 심장이 옥죄이듯 괴로웠지만 그걸 억누르고 리온 쪽을 보았다.

"저기, 리온⋯⋯."

"무리해서 말하지 않아도 돼."

나는 고개를 갸우뚱했으나 리온은 다정하게 미소 지으며 말했다.

"하루마, 역시 무리했잖아?"

"⋯⋯하하하, 너한테는 못 당하겠다."

새의 지저귐과 나뭇가지 스치는 소리가 들리는 가운데, 아주 살짝 떨린 내 웃음소리가 울렸다.

나는 천천히 일어나 새파란 하늘을 올려다보았다.

"결심했어. 나, 편지를 쓸 거야."

"하루마네 부모님한테?"

"그래. 이상하다고 생각해?"

"아니. 멋지다고 생각해."

두 번 다시 만날 수 없는 부모님께 편지를 쓰자.

전달되지 않을 편지라는 건 알지만 그래도 쓰자.

내게 일어난 일.

기후마법이라는 힘이 내게 있었다는 것.

맨땅에 나 있던 풀을 뽑아 밭을 만들었다는 것.

비채소라는 작물을 키우게 된 것.

내 버팀목이 되어 주는 많은 사람이 있다는 것.

쓰고 싶은 내용은 두 손으로 다 꼽을 수 없을 정도로 많지만, 이 한 문장만큼은 넣을 생각이다.

『아버지, 어머니, 저는 잘 지내고 있습니다』라고.

제8화 비를 기다렸던 자

"그래서 오늘부터 여기 사는 거구나. 하루마."

"그래."

저녁 무렵이 가까워졌을 때, 몰라보게 깨끗해진 오두막 앞에서 나는 밭을 찾아온 노아와 대화를 나눴다.

"소유물이 별로 없는 건 좋다니까. 여기 옮길 것도 별로 없어."

"그거, 자랑할 일은 아닌 것 같아."

노아는 비가 쏟아지는 밭 밖에서 비양배추의 잎을 보고 있었다.

비를 내리지 않는 심야에 벌레 같은 걸 떼 줘서 매우 고맙지만, 마침내 이 아가씨를 귀족이라고 생각할 수 없게 되었다.

그보다 여자아이가 혼자 심야에 외출하는 걸 랑그롱 씨는 왜 안 말리는 걸까. 그만큼 이 마을이 평화롭다는 뜻일까?

근데 어느새 아무 말 없이 도와주게 됐구나. 이 아이에게도 고개를 들 수 없게…… 아니지, 이미 그러네. 이 세계에서 내가 고개를 들 수 있는 건 얄미운 써니래빗밖에 없는 것 같다.

"이사하는데 이것만 가지고 괜찮겠어?"

"이불이랑 갈아입을 옷만 있으면 충분해. 사실은 음식도 스스로 해결할 생각이었지만 그건 리온이 못 하게 해서. 식사는 좀 더 리온에게 신세 지게 될 것 같아."

"그러는 게 나아. 당신, 요리 잘할 것처럼 생기진 않았으니까."

"하하하."

웃어서 무마했으나 요리를 거의 하지 않는 건 사실이었다.

대학생이 되어 자취를 시작하고 첫 한 달간은 열심히 밥을 지어 먹었지만, 점점 귀찮아져서 편의점 도시락에 치우친 건강하지 못한 식생활이 됐을 정도로는 요리에 무심했다.

"물은? 여기서 가장 가까운 우물도 꽤 걸어가야 할 텐데."

확실히 살아가는 데 물은 꼭 필요하다.

하지만 그 조건은 이미 클리어한 상태였다.

"내 마법이 뭔지 잊었어?"

"……아."

손바닥에 비구름을 만들고 씩 웃었다.

우천 기후마법. 이 녀석을 사용하면 물 걱정은 할 필요가 없었다.

"불편한 마법이라고 생각했는데 뭐든 쓰기 나름이네. 게다가 당신의 마법은 연비가 좋아서 얼마든지 쓸 수 있어."

그랬다. 이 마법도 쓰기 나름이었다. 잘못 사용하면 위험하지만, 잘 다루면 쓸모 있었다.

"최소한의 생활수준은 갖췄어. 나머지는 실제로 살아 봐야 알겠지."

어떤 장소든 어느 정도 살면 익숙해진다. 힘들었던 비양배추 재배도 지금은 고통스럽기는커녕 어떻게 성장할지 기대되었다.

"근데 딱 봐도 알 수 있을 만큼 커졌네."

"맞아. 옆에서 보기에도 충분히 잘 크고 있어."

일반적인 모종 크기였을 때를 생각하면 눈에 보이게 성장을 이룬 비양배추.

그 잎을 잡고 감개무량하게 말했다.

"아직 수확하려면 멀었지만 말이지."

"그래도 첫 농사인데 이 정도면 잘하는 거야. 나도 이따금 돕고 있지만, 당신의 기후마법이 있고, 당신이 가혹한 작업에 좌절하지 않고 부지런하게 키웠기에 이만큼이나 자란 거야."

평소 같았으면 아직 많이 부족하다고 말했겠지만 이번에는 순순히 노아의 말을 받아들이자.

채소 재배 전문가(?)인 노아가 그렇게 평가해 주는데 기쁘지 않을 리가 없었다.

"그리고……."

"그리고?"

"당신, 처음 봤을 때보다 표정이 생기 넘쳐."

생기 넘친다라…….

"……그럴지도 몰라."

나는 지금 비채소를 가꾸면서 더할 나위 없는 보람을 느끼고 있었다.

나만이 할 수 있는 일을 하고 있다는 우월감도 적잖이 있다. 하지만 내 안의 대부분을 차지한 감정은 말로 표현할 수 없는 반가움이었다.

어릴 적, 부모님의 채소 재배를 도왔던 기억.

하기 싫다고, 시시하다고, 더 재미있는 일을 하고 싶다고 투정 부렸었지만 이러니저러니 해도 흙 만지는 것을 즐겼었다.

그 감정을 새삼 떠올리고 있는 걸지도 모른다.

"……좀 더 이것저것 시도해 보는 것도 괜찮겠어."

예전에 생각했던 밭 확장. 풀을 매고 흙을 갈아엎는 공정을 또 해야 한다는 뜻이지만, 비양배추를 재배하면서 틈틈이 조금씩 진행하면 일주일 만에 끝날 터다.

"좋았어! 쇠뿔도 단김에 빼랬다고 바로 해 볼까!"

마침 비양배추의 잎을 다 확인한 차였다.

자리에서 일어난 내게 노아가 의아한 시선을 보냈다.

"조용히 무슨 생각을 하나 했더니…… 또 뭔가 하게?"

"그래. 지금부터 밭을 확장할 거야."

"……괜찮겠어? 힘내는 건 좋은데, 그러다 무리해서 쓰러지면 아무런 의미도 없어. 비채소는 하루마의 마법으로만 키울 수 있잖아."

"그 부분은 조심할 거야."

"정말이려나……. 뭐, 그건 당신 마음이니까 말리지 않겠지만."

노아는 마지못해 승낙하는 느낌으로 고개를 끄덕였다.

원래 세계에서 뼈 빠지게 일하기도 해서 다소 무리는 가능하지만, 노아의 말대로 건강에는 조심해야 했다.

비채소는 내 기후마법이 없으면 키울 수 없다. 어쩌다 내가 쓰러져서 마법을 쓸 수 없게 되면 며칠도 못 가 시들어 버릴 것이다.

"그럼 풀을 매야 하니 낫을 가져올게. 너는 밭을 봐 줘."

"네~."

야무지게 대답하는 노아에게 고개를 끄덕여 주고서 오두막 뒤편에 걸어 둔 낫을 가지러 갔다.

여기서 활동하게 되면서 농기구를 쓰기 편하게 정돈해 뒀는데 역시 그러길 잘했다. 가래나 삽같이 손잡이가 긴 도구는 벽에 세워 두고, 낫같이 작은 농기구는 끈을 묶어 벽의 돌출된 곳에 걸어 뒀다.

"낫, 낫이 어디 있나……."

집 뒤편으로 이동하여 벽에 걸린 낫을 찾았다.

"끼잉."

"……응?"

뒤에서 작은 울음소리가 났다.

뒤돌아 밑을 보니 그곳에는…….

"……개?"

"멍!"

언제부터 거기 있었는지 작은 개가 꼬리를 흔들며 나를 올려다보고 있었다.

일순 토끼들인 줄 알고 낫을 들 뻔했지만, 왜 이런 곳에 개가? 게다가 아직 새끼다.

저물녘이라 털빛을 판별하기 어렵지만, 모색은 흰색과 검은색인 것 같고 얼굴에는 흰 털이 눈썹처럼 나 있어서 매우 귀여웠다.

아무튼—.

"너, 어디서 왔어?"

쭈그려 앉아 강아지의 머리로 손을 뻗었다.

사람 손을 탄 건지 경계심이 없는 건지 모르겠지만, 강아지는 그 자리에서 움직이지 않고 머리에 놓인 손을 받아들였다.

"끼잉."

"부모는 어쨌어? 손을 피하지 않는 걸 보면 따로 주인이 있나?"

그나저나 진짜로 얌전하네.

생긴 건 목줄도 없는 야생 강아지인데 야생성을 잊은 것처럼 어리광을 부리고 있었다.

"너는 얌전하구나……. 내가 유일하게 아는 이 세계의 야생 동물은 한없이 교활한 토끼야. 심지어 쓸데없이 머리가 좋아서 정말로 성가시고……."

이쪽이 대책을 세우면 녀석들도 이런저런 수단으로 공략하려 들었다.

최근 들어 녀석들은 내 기후마법을 피하려고 나뭇잎으로 만든 갑옷 같은 것을 입고 왔다.

그 녀석들, 비양배추를 먹겠다는 당초 목적을 잊은 거 아니야? 오히려 나와 싸우기 위해 매일 습격해 오는 것 같다.

"끼잉……."

"아아, 미안. 너한테 푸념을 했네."

말을 못 알아듣는 강아지에게 푸념해서 어쩌자는 거야.

아무튼 이대로 쓰다듬고 있어 봤자 시간만 흘러가니 머리에서 손을 떼자.

……물 정도는 줘도 괜찮겠지? 아직 강아지고, 해로운 동물처럼은 안 보이고.

"분명 여기에 나무 그릇이…… 오, 있다, 있다."

뒤편에 놓아뒀던 나무 그릇을 강아지 앞에 뒀다.

아무것도 안 든 빈 그릇을 보고 강아지가 고개를 갸웃했지만, 내가 손에 만든 작은 비구름을 그릇 위에 띄우자 눈빛을 바꾸고 꼬리를 붕붕 흔들었다.

나무 그릇에 비가 떨어져 물이 담기자 강아지는 기뻐하며 물을 마시기 시작했다.

"허겁지겁 마시는데, 그거 기후마법으로 내린 비야. 설마 며칠이나 물을 못 마신 건가?"

굉장히 목이 말랐나 보다.

근데 이런 곳에 개가 나오다니 놀랍다. 들개이기는 하지만 그렇게 큰 개가 아니라서 다행이었다.

야생 대형견은 정말로 무서우니 말이지. 어릴 적에 조우했을 때는 정말로 죽음을 각오했었다.

"……!"

"응? 왜 그래?"

생각에 잠겨 있으니, 귀를 쫑긋 움직이고서 고개를 든 강아지가 주위를 두리번거리기 시작했다.

그 행동을 의문스럽게 여기는데 갑자기 강아지가 달려 나갔다.

"아, 잠깐."

정말로 갑자기 왜 그러는 거야?!

강아지답지 않게 날렵하게 달려가는 모습을 멍하니 보고 있으니 그 앞에서 노아가 언짢은 모습으로 나왔다.

"하루마, 낫 가지러 간다면서 왜 이렇게 오래 걸려? 대체 뭐 하느라…… 꺅!"

하지만 강아지는 노아를 무시하고 그대로 달려가 버렸다.

기분 탓인가? 집 그림자에서 나간 강아지의 털빛이 파란색으로 보인 것 같은데……. 아니, 그보다도 엉덩방아를 찧은 노아를 일으키자.

"아야야……."

"괜찮아?"

"으, 응. 방금 그건 뭐야……."

손을 내밀어 노아를 일으켰다.

흙먼지를 몰아내고 노아에게 강아지에 관해 설명하니 처음에는 의아해하던 표정이 험악하게 바뀌었다.

"저기, 하루마……."

"응? 왜 그렇게 놀란 얼굴이야?"

"아, 아니, 아무것도 아니야."

뭔가 시원찮은 말투네.

혹시 노아도 강아지를 만지고 싶었나? ……그럴지도 모른다. 아무리 농사를 좋아해도 한창때 여자아이다. 귀여운 것에는 사족을 못 쓰겠지.

"실례되는 생각 중이지?"

"아, 아니, 그런 생각을 할 리가 없잖아."

"그래? 나를 보는 얼굴이 이상하게 자상하길래."

무, 무서워.

어떻게 얼굴만 보고 내면을 아는 거야? 아니, 실례되는 생각은 안 했지만.

"뭐, 좋아. 하루마, 슬슬 해가 저무니까 밭 확장은 내일 해."

"……아, 그러네."

정신 차리고 보니 하늘은 붉게 물들고 태양이 서산 너머로 가라앉고 있었다. 노아의 말대로 풀매기는 내일 하자.

"그럼 오늘 작업은 이걸로 끝낼까. 정리만 하면 되니까 너는 돌아가도 돼."

"그래? 그럼 먼저 갈게."

"오늘도 도와줘서 고마워."

"감사 인사 같은 건 필요 없어. 내가 하고 싶어서 하는 거니까."

키득키득 웃고서 떠나는 노아를 배웅했다.

정말로 착한 아이다. 아니, 이곳에는 친절한 사람밖에 없는 것 같다.

"정리, 시작할까."

아직 태양은 얼굴을 내밀고 있으니 그 토끼들이 습격해 올지도 모른다.

마지막 순간까지 긴장을 늦추지 않도록 다시 기합을 넣으며 정리 작업으로 넘어갔다.

주위도 완전히 어두워지고, 밭에서 보이는 마을의 집들에 점점이 불이 켜질 무렵.

마침내 정리를 끝낸 나는 오늘부터 살 오두막에 들어가기 전에 저녁을 먹으려고 에릭 씨네 집에 가려고 했지만—.

"끼잉."

"어라? 너, 아직 여기 있었어?"

어느새 다가왔는지 아까 봤던 강아지가 내 발밑에 있었다.

여기서 떠난 줄 알았는데 의외로 근처에 있었던 모양이다.

어두운 탓에 윤곽이 흐릿했지만 분명히 아까 봤던 강아지였다.

"또 왜 왔어?"

"멍!"

몸을 숙여 말을 걸자 강아지는 내 다리에 뺨을 문질렀다.

흐뭇한 기분이 드는 한편, 곤혹스러웠다.

이유는 모르겠지만 내가 마음에 든 듯했다. 보아하니 누가 기르는 개인 것 같지도 않고, 어쩌면 어떤 이유로 부모도 없을지 모른다.

"……어쩔까."

나는 에릭 씨의 집에 가야 한다. 그렇지만 이대로 이 녀석을 여기 두고 가자니 마음이 편치 않았다.

"같이…… 따라올래?"

"멍!"

이것저것 고민한 끝에 이 강아지를 데려가기로 했다.

눈에 보이게 꼬리를 흔드는 강아지를 보고 웃은 나는 느긋한 걸음으로 어두운 밤길을 걷기 시작했다.

"하아, 에릭 씨와 리온에게 뭐라고 말하지……."

"헥헥헥!"

열심히 따라오는 강아지는 기뻐 보였다.

"뭐, 귀여우니까 됐어."

이래저래 나 역시 작은 동물 특유의 귀여움에 매료되어 있었다.

***

나는 에릭 씨의 집 앞에 서서 다시 한 번 발밑을 보았다. 강아지는 나를 올려다보고 고개를 갸웃하고 있었다.

"일단 얘기를 해야겠지. 잠깐 실례할게."

"……?"

집 안을 뛰어다니지 않도록 최대한 상냥하게 강아지를 안았다.

갑자기 안겨서 강아지는 조금 저항하는 모습을 보였지만 몇 초 지나자 바로 얌전해졌다. ……아니, 너무 얌전하잖아. 인형이야? 나는 고맙지만.

한 손으로 강아지를 안고 현관문을 열었다.

문소리로 내가 돌아왔음을 안 리온이 얼굴을 내밀었다.

"아, 하루마 어서…… 와……."

아니나 다를까 내 품에 있는 강아지를 보고 굳어 버렸다.

바로 리온에게 사정을 설명하려고 했지만, 이어서 에릭 씨가 안쪽에서 나왔다.

손에 든 메모 같은 것을 보며 나타난 에릭 씨는 굳어 있는 리온을 알아차리지 못하고 말을 걸어왔다.

"오오, 왔는가, 하루마 군. 돌아오자마자 이런 얘기를 해서 미안하지만, 자네에게 한시라도 빨리 전해야 할 말이 있어."

"아, 네."

"드디어 알껍데기에 관한 자세한 정보를 지인에게 물어볼 수 있었다네. 놀랍게도 『비의 대지』에 서식했던 늑대 마물의 알이라고 판명됐어. 비늑대라는 마물로 파란 털이 특징적, 인……."

그 알은 늑대 마물의 알이었나. 늑대가 알에서 태어난 것이 새삼 놀랍지는 않지만, 그것참…… 늑대라니.

육식 동물 같은데 혹시 사람을 덮치는 걸까?

에릭 씨의 지인은 괜찮다고 했지만 역시 걱정된다.

"하, 하루마 군? 푸, 품에 안고 있는 그건……?"

생각에 몰두해서 품속에 있는 강아지를 까맣게 잊고 있었다.

어째선지 떨리는 목소리로 말하는 에릭 씨와 여전히 굳어 있는 리온에게 품속에 있는 강아지를 보여 줬다.

"죄송합니다. 친해져서 데려와 버렸는데……. 역시 데려오면 안 됐던 건가요?"

"아니, 그런 문제가 아니라, 이거 또 지인이 난리가 날 것 같다고 할까, 그⋯⋯."

에릭 씨가 묘하게 횡설수설했다.

불길한 예감을 느끼기 시작한 내게 에릭 씨가 말을 이었다.

"하루마 군, 그 강아지가 비늑대라네."

"⋯⋯네?"

나도 모르게 품속 강아지를 보았다.

생각해 보니 밝은 곳에서 이 강아지를 보는 건 처음이었다. 어두운 곳에서 봤을 때는 검은색과 흰색 털을 가진 평범한 개로 보였지만, 지금 내 품에 있는 강아지, 아니— 새끼 늑대의 털은 예쁜 하늘색이었다.

"정말입니까?"

"정말이라네."

"⋯⋯네에에에에에에?!"

어쩌다 보니 친해진 강아지의 정체가 몇백 년 전에 『비의 대지』에 서식했던 동물, 비늑대임을 안 나는 경악한 나머지 벌어진 입을 다물 수 없었다.

현관에서 이동하여 거실 테이블 앞에 앉은 내게 에릭 씨는 내 품속에 있는 새끼 비늑대에 관해 설명해 줬다.

"비늑대는 『비의 대지』에 서식했던 얼마 없는 동물 중 하나라네. 비채소와 마찬가지로 비와 함께 사는 생물이라고 하지만, 그 생태 대부분은 수수께끼에 쌓여 있지. 유일하게 아는 것은 이 비늑대가 비채소를 외적으로부터 지켰다는 점이야."

"비채소를 지켰다고요……?"

"자네도 잘 알다시피 비채소는 생물을 불러들이는 냄새를 풍기는 식물이야. 그 향기에 이끌려 온 생물들로부터 비채소를 지키던 것이 비늘대라네."

"……."

"크앙~."

지금 품속에서 귀엽게 하품하는 모습만 봐서는 전혀 상상이 안 가는데.

"하지만 이 녀석이 정말로 비늘대라면 왜 여기 있는 거죠? 알에서 부화했다는 건 최근 태어났다는 뜻이죠?"

"바로 그거라네, 하루마 군. 확실히 그 아이는 알에서 부화했어."

흥미진진한 표정인 에릭 씨가 알껍데기를 테이블에 놓았다.

"이 알은 명백하게 이 시대의 것이 아니야. 여기서 도출할 수 있는 결론은 단 하나. 이 비늘대는 지금까지 알 상태로 연명했어."

"그럼 언제부터 잠들어 있었다는 건가요?"

"아마 이곳에 많은 비가 내리지 않게 되고 얼마간 지난 뒤였겠지. 비늘대는 비가 내리지 않는 곳에서는 오래 살 수 없으니까."

대지에 비가 내리지 않게 되면서 비채소가 거의 절멸해 버렸다고 들었지만, 그건 동물도 마찬가지였다는 건가.

"멸종을 피하고자 비늘대는 알을 남겼네. 긴 시간이 지나 종이 생존할 수 있을 만큼 비로 가득한 환경이 되기를 기다리기 위해."

"잠시만요. 하지만 이곳 일대는 이야기로 들은 『비의 대지』처럼 빈번히 비가 내리지는 않는데요……."

"자네의 의문도 타당해. 그렇기에 내 지인은 얼굴빛이 변할 정도로 경악하여 진상 해명을 위해 뛰어다녔어. 그렇게 다다른 결론이 자네가 가진 기후마법이었네."

"……저요?!"

왜 여기서 내가 나와?

내가 우천 기후마법을 가지고 있다지만 『비의 대지』에 내렸던 비와는 규모가 너무나도 다르다.

"자네의 기후마법으로 내린 비가 『비의 대지』에 내렸던 비와 동일한 마력을 가지고 있었다면…… 잠들어 있던 비늘대가 깨어났더라도 이상하지는 않아."

"제 마법이…… 설마."

"요컨대…… 그 아이는 하루마 군이 이 세계에 왔을 때 내렸던 비와 『비의 대지』에 내렸던 비를 착각해 버린 것이지."

이건 말하자면 나 때문에 이 새끼 비늘대가 알에서 부화했다는 뜻 아닌가?

"놀랄 만도 해. 실제로 나도 전례 없는 사태에 조금…… 아니, 꽤 당혹스러워. 자네가 우연히 비늘대 알이 묻혀 있던 부근에 쓰러져 있던 것도 그렇지만, 자네가 직접 그 아이를 이곳에 데려올 줄은 생각도 못 했어."

기적과도 같은 우연의 연속 끝에 나와 이 녀석은 만났다.

"그 비늘대는 자네를 잘 따르는군."

"왜일까요……. 저는 전혀 짚이는 바가 없는데……. 딱히 동물에게 사랑받는 체질도 아니고."

"……생각할 수 있는 가능성이라면 자네가 기후마법 사용자라는 것과 자네가 그 아이에게 신용할 만한 인물이라고 인정받았기 때문이지 않을까?"

"신용할 만한 인물? 그거야말로 짚이는 바가 없는데요. 이 녀석과 만난 것도 오늘이 처음이고요."

"자네에게는 오늘이 처음이지만…… 그 아이에게는 아닐 수도 있어."

이 녀석에게는 아니다……?

품속에 있는 비늘대와 시선을 맞췄다.

험악한 표정을 지은 나를 녀석은 고개를 갸우뚱하며 바라보았다.

"어디까지나 추측이지만, 그 아이는 줄곧 자네를 보고 있지 않았을까? 밭을 만들 때도, 씨를 뿌렸을 때도, 비를 내려 비채소를 키우는 과정도……. 진지하게 밭과 마주하는 자네를 보고 이 세계에 태어난 비늘대는 자네를 믿을 만한 인간이라고 판단한 거야."

"줄곧 보고 있었다니……."

"그 징조는 없었는가?"

"……아."

비양배추를 키울 때 간혹 들렸던 작은 울음소리.

환청이라고 단정 짓고 신경도 쓰지 않았지만, 지금 생각해 보면 그런 울음소리가 몇 번씩 들린 시점에 이상하다고 눈치챘어야 했다.

"잠깐만, 그렇다면…….."

써니래빗들이 비양배추를 먹으려 했을 때 녀석들을 내쫓은 포효가 이 녀석의 소리였다면—

"나는 이 녀석에게 도움을 받고 있었구나……."

그 포효가 없었다면 비양배추는 먹혔을 거다.

어쩌면 그 한 번의 패배로 내 마음은 꺾였을지도 모른다.

"비채소를 지킨다는 비늘대의 본능도 있겠지만, 궁지에 빠진 자네를 구하고 싶기도 했을 거야. 그렇지 않다면 자네 앞에 모습을 나타내지 않았겠지."

분명 내가 안 보는 곳에서도 그 토끼들과 싸웠을 것이다.

갓 태어나 이렇게나 작은데 오늘까지 열심히 노력했구나.

"……이 녀석은 앞으로 어떻게 되나요?"

그렇기에 앞으로 이 녀석이 어떻게 될지 알고 싶었다.

내가 묻자 에릭 씨는 고민스럽게 턱을 짚었다.

"귀중한 생물로서 왕국에서 연구하겠지……. 이미 멸종해 버린 극한 환경에서 사는 생물이니까. 생물학자에게는 그야말로 살아 있는 보물 상자라고 해도 과언이 아니야."

연구라는 말을 듣고 비늘대를 안은 팔에 힘이 들어갔다.

직감적으로 싫다고 생각했다.

그게 표정에 드러났는지 에릭 씨는 고민스러운 표정으로 팔짱을 꼈다.

"이세계에서 전이한 하루마 군. 하루마 군이 기후마법으로 내린 비 때문에 깨어난 비늘대. 그리고 하루마 군은 무슨 인과인지 비채소 재배에 착수했지. 그런 하루마 군을 줄곧 지켜본 비늘대는 오늘 마침내 자네와 만났어……. 응, 이게 운명이 아니라면 무엇이겠나."

"……에릭 씨?"

에릭 씨가 고개를 끄덕였다.

멍하니 쳐다보는 내게 에릭 씨는 이어서 말했다.

"하루마 군. 자네가 그 아이를 돌보는 건 어떨까?"

"……제가요?"

같이 있어 준다면 든든하다. 분명 밭일하면서 체력적 부담도 덜게 될 것이다.

하지만 그렇다고 안이한 생각으로 맡아서는 안 된다.

지금 내 품속에 있는 것은 평범한 생물과는 여러모로 다른 마물이다.

보호하는가?

아니면 키우는가?

내가 제대로 책임질 수 있을까?

내 품속에 있는 것은 인형도 아니고 장난감도 아니다. 살아 있는 생명체다.

초등학생이 귀갓길에 고양이나 개를 주워 오는 것과는 사정이 다르다.

"하루마."

"응?"

생각에 몰두해 있으니 여태껏 말이 없었던 리온이 나를 불렀다.

지그시 내 얼굴을 본 리온은 내게 양손을 내밀었다.

"뭐, 뭐야?"

"응."

리온이 뭔가를 재촉했다.

리온의 얼굴과 손을 몇 초쯤 번갈아 보고서 겨우 의도를 알아차린 나는 품속에 편히 안겨 있는 새끼 늑대를 들어 천천히 리온에게 건넸다.

내 품에서 벗어났음을 깨달은 비늑대가 당황했다.

"괜찮아. 안 잡아먹어."

아니, 안 잡아먹는다고 선언해서 안심시키는 건 이상하잖아.

하지만 비늑대는 리온의 상냥한 목소리에 경계를 풀었는지 얌전해졌다.

"얌전하네."

"……늑대라는 생각이 안 들지."

"후후, 그러게."

얌전히 안기며 눈을 깜박이는 새끼 늑대를 보고 리온은 미소 지었다.

……남자인 내가 안는 것보다 훨씬 그럴싸했다.

리온은 사랑스럽다는 듯 비늑대를 다정하게 쓰다듬고 내게 시선을 보냈다.

"이 아이는 하루마와 똑같아."

"내가 이렇게 귀엽게 생겼어?"

"……그렇지."

"미안해! 장난쳐서 정말로 미안해!! 그러니까 그런 눈으로 보지
마……!"

미안하다는 표정으로 내 얼굴을 보는 리온에게 굴복하여 바로
사죄했다.

기분을 전환하여 무엇이 나와 똑같은지 물어보았다.

"내가 하루마를 발견한 비 오던 날. 느닷없이 눈앞에 나타난 당
신은 무척 외로워 보이는 눈으로 나를 쳐다봤었어."

"하하, 그것참…… 부끄러운 얘기네."

나이도 먹을 만큼 먹은 내가 버려진 강아지 같은 표정을 짓고 있
었다는 건가.

이제 와 생각하니 굉장히 한심한 기분이 들었다. 강아지 같은 눈
으로 10대 소녀를 바라보는 30세 어른이라는 구도가 일단 너무 위
험하다.

"분명 이 아이도 똑같아. 외로웠을 거야."

"……"

리온의 말을 듣고 다시 비늘대에게 시선을 보냈다.

생각해 보면 이 녀석과 내 처지는 비슷한 구석이 많았다. 아무것도
모르는 세계에 내던져지고, 그래도 자신이 해야 할 일을 찾으며……
믿을 만한 연결 고리를 찾고자 했다.

"아는 사람도 없고. 가족도 없고. 동족도 없어. 이 세계에 오로

지 혼자. 하지만 당신만이 이 아이가 아는 것을 가지고 있어. 이 아이가 아는 냄새를 풍기는 비채소를 키우고 있어."

"⋯⋯."

"이 아이에게는 하루마뿐이야. 그래서 줄곧 당신을 보고 있었고, 당신이 지키는 것을 지키려고 했어."

리온에게 확증은 없을 것이다. 아마도 억측에서 나온 말이 대부분이리라. ⋯⋯하지만 리온은 확신하여 말하고 있었다.

그리고⋯⋯ 그런 리온의 호소가 내 마음을 흔들었다.

"이 녀석은, 혼자인가."

"응. 여기 왔을 때의 하루마와 똑같아."

이곳에 왔을 때, 라⋯⋯.

"그래, 지금은 다르지⋯⋯."

이 세계에서 나는 언제나 누군가에게 도움을 받으며 살아왔다.

믿음직한 사람, 도와주는 사람이 있는 것만으로도 이렇게나 힘이 났다.

그것을 다시금 떠올린 내게 리온이 두 손으로 안은 비늘대를 내밀었다.

똑바로 내 눈을 본 리온은 평소의 나른한 모습과는 딴판인 늠름한 표정으로—

"이 아이의 「외톨이 생활」을 끝내기 위해 하루마가 가족이 되어 줘."

—그렇게 잘라 말했다.

나는 양손을 내밀어 비늘대를 받았다.

아까와 똑같이 작은 체구에 상응하는 가벼운 무게였지만…… 지금의 내게는 무겁게 느껴졌다.

그때 불현듯 품속의 비늑대와 눈이 마주쳤다.

"괜찮겠어?"

"멍."

"……그래."

그 짧은 짖음에 나는 마침내 결심을 굳혔다.

"리온, 에릭 씨. 결정했습니다."

이 세계에서 이게 처음일지도 모른다.

누군가에게 받기만 하던 내가 베푸는 측이 되다니.

품에 안은 비늑대를 가슴 높이까지 들고 웃었다.

"이 녀석과 함께 앞으로도 힘내겠습니다."

조금 늦어지고 말았지만…… 오늘부터 내가 너의 가족이다.

"그럼 바로 정해야겠네."

"뭘?"

"그 아이의 이름."

리온의 말에 고개를 끄덕였다.

확실히 언제까지고 『비늑대』라든가 『이 녀석』이라고 부를 수는 없지.

겨드랑이를 잡아서 들어 올린 비늑대를 바라보고 어떤 이름이 좋을지 생각했다.

겉보기에 수컷이니까…….

"좋아, 비남이는 어때?"

"컹!"

앞발로 코를 때렸다.

아프지는 않았지만, 마음에 안 든 모양이다.

"하루마, 그건 불쌍해."

"하루마 군, 너무 대충 지은 것 아닐까?"

리온과 에릭 씨의 평가도 낮았다.

안 되나, 비남이. 좋은 이름이라고 생각했는데.

"리온, 에릭 씨. 뭔가 좋은 이름 없을까요?"

"으음~ 울프돌이."

"흠…… 질풍돌이는 어떤가?"

어째서인지 내 얼굴에 발차기가 두 번 날아왔다.

내 작명과 수준이 똑같잖아! 그리고 왜 「돌이」를 붙이고 싶어 하는 거야!

"유감스럽지만 기각인 모양이야."

"……울프돌이."

"……질풍돌이."

진지하게 생각한 이름이었다는 점이 놀랍다.

비남이라는 이름을 제안한 내가 할 말은 아니지만.

두 사람에게는 부탁 못 하겠네. 일단 비늘대라는 종족명부터 이름을 생각해 볼까.

비늘대…… 우랑(雨狼)…… 우로우…… 우로…… 그래.

"후우로는 어때?"

이름에 원래 형태는 없지만, 꽤 괜찮지 않나?

조심조심 비늘대를 보자 만족스럽다는 듯 한 번 짖었다.

"결정이네. 오늘부터 네 이름은 후우로야!"

"멍!"

비늘대, 후우로를 번쩍 들었다.

아직 어리지만 후우로는 힘차게 짖었다.

그런 후우로를 보고 웃은 나는 새로운 파트너와 함께 비양배추 재배에 대한 투지를 불태웠다.

***

저녁 식사를 마친 우리는 다시금 후우로에 관해 이야기를 나눴다.

내용은 비늘대의 생태에 관해서였다.

특수한 환경에서 살던 동물이라, 내가 아는 늑대나 개와는 다른 특징을 가지고 있어도 이상하지 않았다.

리온의 품에 안긴 후우로를 곁눈질하며 나는 에릭 씨에게 질문했다.

"일단 먹이는 어떻게 하면 좋을까요?"

"친구가 말하길, 비늘대는 『비의 대지』에 내리던 고농도 마력을 지닌 비를 영양원으로 삼았다는 모양이야. 아까 우리가 먹던 저녁에 흥미를 보였으니 어느 정도는 음식물 섭취가 필요한 것 같군."

확실히 우리가 먹던 수프를 보고 꼬리를 흔들었지.

일단 우유를 줘 봤는데 의외로 허겁지겁 마셨고, 배가 무척 고팠을 것이다.

그 후 시간이 지나도 특별히 이상은 없으니 평범하게 밥도 먹을 수 있는 듯했다.

"하지만 후우로는 태어나 지금까지 어떻게 살았을까요? 그게 궁금해요……."

"그렇지. 갓 태어났으니 사냥도 못 할 테고."

"끼잉?"

리온의 말에 후우로가 귀엽게 고개를 갸우뚱했다.

"그 의문은 친구가 보낸 자료로 해명됐다네."

그렇게 말한 에릭 씨는 후우로를 보며 말을 이었다.

"아마 이 아이는 태어나고 얼마 후에 밭에서 작업하는 하루마 군을 발견하고 떨어진 곳에서 지켜봤을 거야."

"그랬어?"

"멍!"

응, 모르겠다.

하지만 아마 그랬겠지. 밭일 중에 은근히 시선 같은 게 느껴지긴 했었고.

"그동안에는 숲속의 나무 열매 등으로 허기를 달랬지만…… 자네가 비채소 재배를 시작한 뒤로는 자네 몰래 밭에 내리는 비를 맞아 자신의 영양분으로 바꿨을 거라고 나는 생각하네."

"아~ 확실히 작업하면서 줄곧 밭에 붙어 있지는 않았죠."

"나도 책에 몰두하면 주위 변화를 눈치 못 채니까……."

토끼들이 습격해 오기 전이라면 빈틈은 얼마든지 있었다.

농기구를 가지러 갈 때라든가 가볍게 휴식할 때라든가.

그때 모습을 보이지 않은 것은 아직 내가 믿을 만한 상대인지 알 수 없었기 때문인가…….

"에릭 씨, 후우로에게 비를 줘 봐도 될까요?"

"그래. 나도 비를 섭취하는 비늘대의 모습을 보고 싶군."

에릭 씨의 허락을 받고 후우로를 보았다.

"후우로. 비, 내려 줄까?"

"……! 멍!!"

놀라우리만큼 꼬리를 붕붕 흔들며 리온의 무릎 위에서 일어난 후우로를 보니 흐뭇한 기분이 들었다.

"후후후. 이것 참, 설마 나잇값도 못 하고 두근거리게 될 줄이야. 잠시만 기다려 주겠나? 하루마 군. 지금 기록할 준비를 해 오겠네."

"네. 저는 그사이에 비를 내릴 준비를 할게요."

나는 손바닥에 비구름을 만들며, 들뜬 모습인 에릭 씨에게 말했다.

후우로도 기대되는지 리온의 무릎에서 뛰어내려 내 발밑에 앉아 대기했다.

"청소해야 하는 사람은 나니까 둘 다 할 거면 밖에서 해."

""네…….""

"끼잉……."

10대 소녀에게 꼼짝 못 하는 다 큰 어른 두 사람과 한 마리였다.

리온에게 혼나 의기소침해졌지만 에릭 씨와 나는 어두워진 밖으로 나갔다.

집에서 나오는 불빛과 달빛이 비치는 마당에서 나는 꼬리를 살랑살랑 흔드는 후우로 앞에 쭈그려 앉아 최대한 다정하게 머리를 쓰다듬었다.

"어두우니 정말 평범한 강아지로밖에 안 보이네."

원래 털빛이 하늘색이라서 그런지 어두워지면 색을 판별하기 어려웠다.

처음에는 정말로 그저 길 잃은 강아지인 줄 알았는데, 설마 일이 이렇게 될 줄은 몰랐다.

"자, 그럼 대망의 비를 만들어 볼까. 에릭 씨, 이제 물을 줘도 괜찮을까요?"

"기록할 준비는 다 됐네."

준비를 마친 에릭 씨에게 허락을 받고서 손바닥에 기후마법으로 비구름을 만들었다.

평소보다 마력을 더 담아서 만든 비구름을 보고 후우로는 기쁨을 나타내듯 짖었다.

"멍!"

"자, 기다리던 비야."

어떻게 비를 주면 좋을지 알 수 없었기에 일단은 후우로의 눈앞에 비를 내려 보았다.

좁은 범위에서 지면에 쏟아지는 비.

그걸 본 후우로는 한 번 더 짖더니 비구름 밑으로 뛰어들었다.

"후우로?!"

갑작스러운 행동에 눈을 동그랗게 뜨면서도 상황을 지켜보았다.

단순히 기분 좋게 비를 맞는 것처럼 보이기도 했지만, 점차 후우로의 몸에 이변이 일어났다.

후우로의 몸이 희미하게 빛나고 있었다.

털빛조차 알 수 없었던 어둠 속에서 비를 맞는 후우로의 몸이 푸르게 발광했다.

그것을 본 에릭 씨는 턱을 짚고 감개무량한 듯 한숨을 쉬었다.

"이건……."

"에릭 씨, 대체 후우로의 몸에 무슨 일이 일어난 건가요……?"

"아마 하루마 군이 기후마법으로 만든 비에 담긴 마력을 흡수하고 있는 거겠지. 『비의 대지』라는 가혹한 땅에 적응한 끝에 비조차도 자신의 양식으로 바꾼 거야……. 그야말로 생명의 신비로군."

확실히 이야기로 들은 『비의 대지』에서는 제대로 된 먹이가 거의 없었을 것이다.

그런 환경 속에서 살아남기 위해 비에 포함된 마력을 자신의 에너지로 삼았다.

"너, 굉장하다."

"크앙?"

"하하하, 아무것도 아니야."

빛을 내며 고개를 갸우뚱하는 후우로를 보고 쓰게 웃었다.

내가 아는 이 세계의 마물은 후우로를 제외하면 써니래빗뿐이다.

솔직히 나는 마물이라는 미지의 존재에 공포심을 품고 있었다.

겉모습이 귀엽다든가, 전혀 사람을 덮칠 것처럼 보이지 않는다는가 하는 문제가 아니었다. 정체를 알 수 없는 것은 그것만으로도 공포다.

하지만—.

"후우로, 앞으로 잘 부탁해."

"······? 멍!"

"대답 잘하네."

알지 못해도 다가가서 이해하려고 할 수는 있다.

앞으로 이 녀석과 함께 지내며 마물이라는 존재를 점차 이해하는 것도 나쁘지 않을 듯했다.

제9화 새로운 가족과 함께

　내 독립생활이 시작됨과 함께 새로 가족이 된 비늘대 후우로.

　혼자 생활할 줄 알았던 내 오두막에 찾아온 자그마한 파란 늑대는 내 농업 생활에 놀라운 변화를 가져왔다.

　"크앙!"

　빵이 전부인 가벼운 아침 식사를 마친 후, 오두막에 와 준 리온과 함께 바로 후우로를 데리고 밭에 가자, 후우로는 조금 떨어진 곳에 앉았다.

　뭐 하는 걸까 의문스럽게 여기며 후우로를 지켜보니 밭을 등지고서 숲을 빤히 바라본 후우로가 날카롭게 짖었다.

　그러자 풀숲 그늘에서 써니래빗 세 마리가 도망쳤다.

　"쫓아낸 건가?"

　"역시 늑대라서 코로 아는구나."

　리온이 감탄하며 그렇게 중얼거렸지만, 이제껏 써니래빗에게 시달렸던 내게는 놀라운 광경이었다.

　이 녀석은 평소처럼 습격해 온 써니래빗들을 울음소리만으로 쫓아냈다.

　"역시 비채소를 지키던 마물이야. 잘했어!"

　"♪"

머리를 쓰다듬자 후우로는 기뻐하며 꼬리를 흔들었다.

하지만 리온이 손을 내밀자 냉큼 내게서 벗어나 리온에게 머리를 내줬다.

"후후후, 착하다."

"끼잉~♪"

"너, 되게 알기 쉽다……."

"멍!"

그렇군. 30대 형보다 귀여운 소녀가 더 좋다는 건가.

그 기분을 이해 못 하는 바는 아니다. 누구든 상냥해 보이는 분위기를 지닌 사람에게 끌리는 법이고.

하지만 너는 너무 본능에 충실한 거 아니냐.

"아무튼. 외부를 신경 쓰지 않아도 되는 만큼 이쪽에 집중할 수 있겠어."

밭으로 몸을 돌린 나는 비구름을 만들어 명령을 내리고 차례대로 밭에 보냈다.

"조금만 방심해도 시들 가능성이 있으니 말이지. 조심해야 해."

"멍!"

"응?"

로브의 후드를 쓰고 밭에 들어가려고 하자 후우로가 간절한 눈으로 나를 올려다보았다.

후우로가 뭘 원하는지 헤아린 나는 손바닥에 작은 비구름을 만들어 그것을 후우로의 머리 위에 뒀다.

"자, 네가 원하는 비야."

"기뻐 보여."

"영양 보급을 제외하더라도 비 맞는 걸 좋아하는 거겠지. 응? 리온, 뭐 적어?"

기분 좋게 비를 맞는 후우로를 보며 리온이 수첩 같은 것에 뭔가를 적고 있었다.

"관찰 일기, 비슷한 거."

"관찰 일기…… 아아, 비늘대의 생태를 기록하는 거야?"

"응. 그런 느낌이야. 비늘대는 한참 전에 절멸한 희귀한 종이니까 제대로 기록해 두라고 할아버지가 그래서."

그것도 당연한가.

내가 이해하기 쉽게 바꾸어 생각해보자면 작은 공룡이 현대에 되살아난 것과 같았다. 그게 눈앞에 있다면 사진으로든 뭐든 기록하려고 할 터다.

"그럼 나는 밭을 볼 테니까 후우로를 부탁해."

"응, 맡겨 줘. 하루마도 힘내."

"그래."

이번에야말로 후드를 쓰고 밭에 발을 들였다. 후우로 덕분에 작업 효율도 올랐으니 오늘도 기합을 넣고 일해 볼까.

***

낮, 리온이 준비한 점심을 먹은 나는 밭 주위의 풀을 매고 있었다.

평소에는 밭을 얼추 살핀 뒤에 비를 내릴 뿐이지만 오늘은 여유도 생겼기에 예전부터 생각했던 밭 확장 작업을 수행 중이었다.

한 번은 했던 작업이다. 두 번째가 되자 피곤하긴 해도 헤매지 않고 착착 진행되었다.

익숙하게 낫으로 풀을 베고 있으니 밭에 누군가가 찾아왔다.

"노아, 왔어?"

"······응."

왠지 험악한 표정이었다.

"하루마. 당신, 어제 강아지를 봤다고 했지?"

"아아, 그거 말인데—."

"어제 제대로 조사하고 알았는데 이곳에는 개가 없어. 있다고 해도 이웃 나라에나 있으니까 하루마가 이 근처에서 개를 보는 건 불가능해."

후우로에 관해 이야기하려고 했지만 노아는 초조한 모습으로 그렇게 말했다.

이 근처에는 개가 없구나. 그렇게 태평하게 생각했으나 노아의 표정을 보고 생각을 바꿨다.

"하루마가 만난 강아지는 평범한 강아지가 아니야. 어쩌면 위험한 마물일지도 몰라."

"꼭 위험한 마물이라고 할 수는 없는데."

"가능성이 있는 한은 의심해야 해. 만약 그 강아지가 성질 나쁜 마물이라면…… 나는 당신과 모두를 지킬 의무가 있어."

기, 기분 탓인가. 눈이 무섭지 않아?

사명감에 불탄(?) 노아는 등에서 뭔가를 꺼냈다.

나도 아는 현이 달린 무기— 크로스보우였다.

"잠깐, 노아?!"

"각오는 됐어. 마을의 평온을 위협한다면 영주의 딸로서 처리할 수밖에 없어!"

"네가 말하는 영주의 딸이란 대체 뭐야?!"

자세가 매우 그럴듯한데, 크로스보우를 드는 귀족 아가씨가 대체 어디 있다는 거야!

"괜찮아. 위험하다고 판단하기 전에는 안 쏴. 이건 어디까지나 보험이야."

"아니아니아니, 그런 문제가 아니잖아!"

"실력이 걱정돼? 그거야말로 쓸데없는 걱정이야. 귀족의 소양으로 무기를 다루는 법은 알고 있어. 그리고 호신술에도 자신 있고, 웬만해서는 안 당해!"

대체 귀족이란 뭐지.

크로스보우 다루는 법을 소양으로 배우는 귀족이라니 금시초문이야.

그보다 이 아이, 너무 다재다능하지 않아? 한심한 이야기지만

나는 이 아이와 싸워서 이길 자신이 없어졌어.

"걱정하지 마. 당신도 지켜 줄게."

게다가 쓸데없이 믿음직스러워. 한순간 두근거릴 뻔했어.

의욕 넘치는 노아에게 어떻게 사정을 설명할지 허둥거리고 있으니 후우로를 안은 리온이 왔다.

"하루마, 후우로가 또 비를 원한다는데…… 아, 노아, 안녕."

"어머, 안녕, 리……온?"

후우로를 안고 이쪽으로 온 리온을 보고서 노아가 굳었다.

귀엽게 하품하는 후우로를 응시한 노아는 멍한 얼굴로 나를 보았다.

"어? 하루마. 어떻게 된 거야?"

"노아, 실은……."

마침내 이야기가 통하게 된 노아에게 어제 만난 후우로에 관해 설명했다.

"그럼 나는 헛짓을 한 거네."

내 이야기를 들은 노아는 리온에게 안긴 후우로를 곁눈질하고서 크게 한숨을 쉰 후, 들고 있던 크로스보우를 등으로 되돌렸다.

"정말, 그런 건 빨리 설명해."

"네가 안 들었잖아……."

"아~ 괜히 걱정했네."

으응~ 하고 기지개를 켠 노아는 리온에게 몸을 돌리고서 리온의 품에 안긴 후우로의 얼굴을 들여다보았다.

"비늘대라. 꽤 귀여운걸?"

"안아 볼래?"

"그래도 돼? 그럼 감사히."

리온에게 후우로를 받은 노아는 흥미진진한 표정이었다.

이 주변에서는 개를 볼 수 없다고 했으니 노아에게도 색다를 것이다.

후우로도 변함없이 인형처럼 얌전했다.

"이런 아이가 써니래빗을 쫓아낸다고? 보기보다 훨씬 용기 있네."

"컹."

"유능한 일꾼이야. 내 앞에 모습을 드러내기 전부터 이곳을 지켜줬어."

"흐응."

"그럼 나는 풀매기 작업으로 돌아갈게."

"나도 도울게. 낫 하나 더 있어?"

후우로를 땅에 내린 노아의 말에 여전하구나 싶어서 쓴웃음을 지으며 오두막 뒤편을 가리켰다.

"뒤쪽에 예비 낫이 있어. 가져올까?"

"그 정도는 직접 가져올 수 있어."

노아는 그렇게 말하고서 오두막 뒤편으로 갔다.

그사이에 후우로에게 비구름을 주다가 리온이 밭에 자란 비양배추를 지그시 보고 있음을 깨달았다.

"벌레라도 생겼어?"

"아니. 많이 컸구나 싶어서."

리온의 말에 비 내리는 밭을 새삼 둘러보니, 처음에는 흙색이 대부분을 차지했던 이곳도 어느새 비양배추의 예쁜 초록빛으로 물들고 있었다.

"마치 커다란 꽃 같아."

"보는 방식에 따라서 꽃으로 보이기도 하네."

지금보다 더 자랄 테지만, 동그란 양배추 모양이 되기 전에는 꽃처럼 보였다.

"더 자라서 결구되면 수확할 때야."

"결구……?"

고개를 갸웃하는 리온을 보고 미소 지은 나는 결구에 관해 설명했다.

"지금은 잎이 잔뜩 펼쳐져 있잖아?"

"응."

"아직은 조금 작지만, 이게 성장하면 잎이 안쪽으로 점점 둥글어져. 어느 정도 잎이 겹쳐져서 공 형태가 되는 걸 결구라고 해."

"흐응."

감탄한 리온은 잎을 펼친 비양배추로 다시 시선을 보냈다.

새삼 생각해 보니 채소의 메커니즘은 정말로 대단했다.

양배추의 결구도 그렇지만, 냄새로 벌레를 쫓는 허브라든가, 가까운 곳에 덩굴을 뻗어서 지지대로 삼는 오이라든가.

"……맛있어지고 있을까?"

"하하하, 그건 아직 모르지. 하지만 이왕 먹을 거 맛있는 양배추면 좋겠다."

"분명 맛있을 거야. 하루마, 열심히 했는걸."

"나는 아직 멀었다고 생각하지만."

순서는 알아도 전부 더듬거리며 해 나가는 작업이었다. 지금 이 순간에도 올바르게 키우고 있는 건지 반신반의했다.

하지만 만약 잘 큰다면 나를 맨 처음 도와준 리온과 에릭 씨에게 이 비양배추를 선물하고 싶다.

그때는—.

"요리는 네게 맡길게. 나는 아예 못 하니까."

"하루마는 어떻게 요리해 줬으면 좋겠어?"

"나? 으음…… 채소 볶음이나 캐비지롤을 좋아해."

그런 요리는 가끔 먹기에 맛있다는 이미지가 있다.

혼자 살게 된 뒤로 오랫동안 못 먹어서 맛도 거의 잊어버렸지만, 맛있다는 기억만큼은 남아 있었다.

캐비지롤을 상상하고 혼자 흐뭇하게 웃고 있으니 나를 올려다본 리온이 고개를 갸웃했다.

"캐비지롤이 뭐야? 양배추를 회전시켜서 먹는 거야?"

양배추를 회전시키는 요리라니 그게 뭐야.

수리검처럼 회전하는 양배추 잎을 상상하고 말았지만 곧장 그 상상을 지웠다.

"그런가. 이곳은 이세계라 모르는구나. 캐비지롤이라는 건—."

다진 고기를 양배추로 싸서 수프에 끓이는 요리라고 매우 간단히 설명했다.

고개를 끄덕거린 리온은 눈을 빛내며 들뜬 목소리로 말했다.

"그거라면 나도 만들 수 있을 것 같아."

"어? 정말? 꽤 어려워 보이는 요리라고 생각하는데……."

"할 수 있어."

"그, 그래."

무섭도다, 숨은 먹보의 집념.

요리에 대한 리온의 기세에 압도되었을 때, 집 뒤편에서 노아가 낫을 들고 돌아왔다.

"자, 하자."

"그래. 리온, 후우로를 보고 있어 줘."

"알겠어."

역시 혼자보다 둘이 하는 게 빠르다고 생각하며 묵묵히 풀을 메고 있는데, 조금 떨어진 곳에서 작업 중인 노아가 뭔가 생각난 것처럼 나를 돌아보았다.

"아, 맞다. 하루마."

"응? 왜?"

"조만간 아버지가 밭을 보러 온대."

"흐응~."

……응?

아무렇지도 않게 대답해 버렸지만, 노아의 아버지는 랑그롱 씨잖아!

이곳 일대를 다스리는 랑그롱 가문의 당주가 내 밭에 온다고?!

***

랑그롱 씨가 조만간 밭에 온다는 소식을 노아에게 들은 나는 한층 기합을 넣어 밭일에 임했다.

나를 회사의 평사원으로 비유한다면 랑그롱 씨는 그 회사의 사장과 같았다.

그런 랑그롱 씨가 내 밭을 보러 온다고 하는데 전전긍긍하지 않을 리가 없었다.

밭일을 끝내고 저녁을 먹은 후 에릭 씨에게 상담해 보니 어떤 의미에서 예상한 대로인 대답이 돌아왔다.

"그렇게 부담 가질 필요 없다고 생각한다만?"

"아뇨, 제게는 윗사람이고, 긴장되지 않을 리가 없죠."

그야 오랫동안 알고 지낸 에릭 씨가 보기에는 그럴지도 모르지만, 내게 랑그롱 씨는 에릭 씨와 마찬가지로 윗사람이었다. 실수할 수는 없었다.

"그런 건가?"

"그런 겁니다."

신묘하게 말하는 나를 보고 에릭 씨가 고개를 끄덕였다.

"근데 랑그롱 씨는 왜 제 밭을 보러 오는 걸까요."

"그야 자네가 가꾸고 있는 비채소에 흥미가 있어서겠지."

"아~ 역시 그런가요?"

"그는 자네가 생각하는 것보다 훨씬 어린아이 같은 성격이야. 비채소는 수백 년간 아무도 먹지 못한 전설의 작물. 그게 자라고 있으니 호기심 왕성한 랑그롱 군이 관심을 안 가질 리가 없지."

보기에는 댄디한 40대지만, 어린아이 같은 일면도 가지고 있는 건가.

"노아가 그렇게 활발한 성격인 건 아빠에게 물려받은 거야."

어? 그런 거였어?

자식은 부모를 닮는다고 하지만, 설마 정말 그럴 줄은 몰랐다.

"실례일지도 모르지만 제가 상상했던 귀족 느낌이 아니에요."

"그건 랑그롱 군에게 오히려 칭찬이겠지. 실제로 보고, 듣고, 접해서 견문을 넓힌다. 평범한 귀족답지 않은 방식으로 성장하여 호탕하게 자란 끝에 지금의 랑그롱 군이 만들어졌으니까."

"그거 파격적이네요."

보고, 듣고, 접한다라.

뭐랄까, 굉장한 사람이다. 어떻게 칭찬하면 좋을지 말을 못 찾겠다.

"세상의 모든 귀족이 랑그롱 군 같았으면 큰일이 벌어졌을 거야. 귀족이 솔선해서 농사짓는 세계가 될 테니까……."

"그건 그것대로 재미있어 보이긴 하지만, 농가의 입지가 없어질 것 같네요."

"하하하, 확실히 그렇군."

에릭 씨와 함께 웃었다.

나도 노아가 농사를 도와주기 시작했을 때는 나보다 농업 지식이 풍부하고 솜씨도 좋아서 놀랐지만, 지금은 믿음직스러울 따름이었다.

……그러고 보니 에릭 씨와 랑그롱 씨는 옛날부터 아는 사이 같은데, 실제로는 어떨까?

별생각 없이 에릭 씨에게 물어보자 그는 옛날을 그리워하듯 웃었다.

"시작은…… 그래. 왕국에 있을 무렵, 내가 젊은 천재 마도사로 한창 쩔었을 때, 마법을 배우러 온 젊은이들 중에 랑그롱 군이 있었다네."

「쩔었다」라는 미묘하게 낡은 표현은 넘어가자.

"처음에는 선생님과 학생이었던 건가요?"

"그래. 처음에는 깜짝 놀랐지. 서민 아이들 틈에 귀족이 섞여 있을 줄은 몰랐으니까."

"왜죠?"

"귀족에게 마법은 어디까지나 구경거리에 불과해. 중요한 건 사교성이나 작법 같은 체면과 관계된 일이라 마법은 전속 교사에게 간단히 배울 뿐이야."

그렇다면 자기 발로 에릭 씨에게 마법을 배우러 온 랑그롱 씨는 희한한 귀족이란 건가.

"나는 그에게 왜 여기 왔냐고 이유를 물었다네. 뭐라고 대답했을 것 같나?"

"으음~ 관심 있으니까?"

『이렇게 재미있는 걸 어중간하게 끝내기 싫어. 그러니까 가르쳐』

라고 했다네. 이상한 귀족도 다 있다고 생각했지. 그리고 바로 내 팽개칠 거라고도 생각했어."

"하지만 아니었던 거죠?"

"그래. 랑그롱 군은 놀라우리만큼 자신의 욕망에 충실했고, 그러면서도 진지하게 내게 배웠다네."

가르치는 입장이었던 에릭 씨는 기뻤겠지.

실제로 랑그롱 씨와의 과거를 이야기하는 에릭 씨의 표정은 온화했다.

"그래서 그가 마음에 든 나는 랑그롱 가문의 정식 가주가 되기까지 그를 여기저기 조수로 데리고 다녔고…… 그 인연이 길게 이어져서 지금에 이른 것이네."

"오랜 친구라는 느낌인가요?"

"랑그롱 군 앞에서는 절대로 그런 말 안 하지만, 그렇지. 그 말대로야."

얼굴을 마주하면 서로 헐뜯는 이미지밖에 없었지만, 에릭 씨와 랑그롱 씨는 싸울 만큼 사이가 좋다는 말이 딱 들어맞는 사람들이구나.

랑그롱 씨에 대한 긴장이 조금 누그러졌다.

"저도 되도록 부담 가지지 않고 랑그롱 씨와 이야기해 보겠습니다."

"그러게. 랑그롱 군을 대할 때는 괜히 과도하게 격식을 차리는 것보다 어느 정도 자연스럽게 있는 편이 좋아."

랑그롱 씨가 언제 올지는 아직 모르지만, 지금 내가 할 수 있는 일은 진지하게 성실히 비양배추를 키우는 일뿐이다.

*＊＊

원래는 밭일을 하면서 마법 훈련을 병행했지만, 지금은 완전히 밭일로 대체되어 있었다.

하지만 딱히 마법 훈련을 소홀히 하고 있지는 않았다.

오히려 내게 밭일은 마법 향상에 적합한 일이라고 해도 과언이 아니었기 때문이다.

"으으음……!"

나는 밭 앞에서 손바닥을 응시하며 끙끙거렸다.

눈앞에는 밭에 비를 뿌리는 비구름 네 개가 있었다.

모든 비구름이 개별적으로 움직이며 비양배추가 있는 곳에 정확하게 비를 내렸다.

"하루마, 될 것 같아?"

"너무 무리하지 마."

"멍!"

걱정스럽게 이쪽을 살피는 리온과 노아, 내 옆에 앉아 있는 후우로의 시선을 받으며 손바닥에 있는 비구름에 의식을 집중해 명령을 새겼다.

지금까지 쌓은 노력으로 어떻게든 비구름을 네 개 만드는 데 성공했지만, 다섯 번째에 들어서자마자 난이도가 급상승했다.

"으으음, 조금만 더……!"

하지만 그것도 매일 노력하여 조금씩 정복하고 있을…… 터다.

계속 염원하다가 천천히 눈을 뜨고 비구름을 살며시 밭으로 보냈다.

"……"

비구름은 미덥지 못하게 흔들리면서도 밭에 비를 내리기 시작했다.

"오오!"

나도 모르게 기뻐서 외친 순간, 비구름이 터지듯 사라져 버렸다.

"아아?! ……아직 무리였나."

낙담한 나머지 어깨를 떨궜다.

이번에는 될 줄 알았는데.

"대체 뭐가 부족한 걸까."

"기합?"

"흐름과 기세?"

"왜 너희는 일단 근성론이야?"

리온과 노아의 말에 뺨을 실룩였다. 왜 그런 소년만화 같은 조언이야?

이 아이들을 보고 있으면 사춘기 여자아이들이 무슨 생각을 하는지 점점 알 수 없어진다.

"으음~ 솔직히 말해서 우리는 하루마처럼 변태적인 방식으로 마법을 못 쓰니까 조언할 방도가 없어. 에릭 씨한테는 물어봤어?"

"변태적이라는 말은 넘어가기로 하고……. 에릭 씨가 말하길, 내

경우는 많이 해 보며 형태를 잡아 가면 된다고 했어. 실제로 그렇게 네 개까지 비구름을 만들게 되긴 했지만."

다섯 번째부터 난이도가 단숨에 올라가 버렸다.

그래도 매일 노력하여 다섯 번째 비구름을 만들 수는 있게 되었다.

"으음~ 조금만 더하면 될 것 같은데."

"너무 몰두한 거 아니야? 과하게 힘이 들어가면 잘될 것도 안 돼."

"……그것도 그런가."

노아의 말대로 너무 몰두했나 보다.

심호흡하여 기분을 진정시키자.

겸사겸사 지금까지 묻지 않았던 것도 질문해 볼까.

"그러고 보니. 노아랑 리온은 어떤 마법을 써?"

"어라? 말 안 했나?"

"응."

알고 지낸 지 제법 됐지만 두 사람이 무슨 마법을 가졌는지 나는 몰랐다.

"나는 할아버지와 마찬가지로 바람마법을 다뤄. 맨 처음 만났을 때 침대에서 떨어질 뻔한 하루마를 받쳐 줬잖아?"

"아, 그러고 보니 그랬지. 그때는 고마웠어."

그때는 정신이 없어서 거기까지 신경 쓰지 못했지만, 그러고 보니 리온이 바람마법으로 나를 받쳐 줬었다.

줄곧 이 아이에게 도움만 받아서 미안한 마음이 들었다.

약간 부정적인 기분에 사로잡혀 있는데 내 눈앞에 작은 회오리

바람이 나타났다.

리온을 보니 검지로 회오리바람을 조종하고 있었다.

"할아버지만큼은 아니지만 이 정도는 할 수 있어."

리온이 조종하는 회오리바람이 후우로의 눈앞에서 살랑살랑 흔들렸다.

후우로는 갑자기 눈앞에 나타난 회오리바람에 관심을 보이며 의기양양하게 앞으로 뛰쳐나갔지만, 회오리바람은 그것을 피해 후우로 주위를 빙글빙글 돌았다.

"멍!"

기쁘게 회오리바람을 쫓는 후우로를 보고 리온이 미소 지었다.

"후후, 즐거워 보여."

왠지 나도 흐뭇한 기분을 느끼는데 내 옆으로 걸어와 나란히 선 노아가 부러워하는 음색으로 중얼거렸다.

"내 마법은 조금 위험해서 리온처럼 쓸 수는 없어."

"……어떤 마법인데?"

물어봐도 될지 조금 망설이면서도 질문하자 노아는 천천히 손바닥을 들고 그 위에 야구공만 한 밝은 빛구슬…… 아니, 불덩이를 만들어 냈다.

"불을 조종해. 그게 내 마법이야."

"뭐랄까, 그……."

여자아이가 가지기에는 너무 살벌한 마법이었다.

노아가 말한 대로 리온처럼 쓸 수는 없을 것이다. 나와는 형태가 다르지만, 잘못 다루면 누군가가 다친다.

함께 지내며 알게 됐지만 노아는 무척 다정한 아이다.

그런 아이가 누군가를 상처 입힐지도 모르는 마법을 가졌다면 깊은 고뇌와 갈등이 있었으리라고 쉽게 상상이 갔다.

무슨 말을 하면 좋을지 알 수 없어서 머뭇거리자 노아가 자신만만한 표정으로 손바닥에 있는 불꽃을 과시했다.

"흐흥, 멋있지?"

"어라?"

심각하게 생각했던 것과 정반대인 반응에 얼빠진 목소리를 내고 말았다.

"그 얼굴은 뭐야. 혹시 내가 이 마법을 싫어할 줄 알았어?"

"아니, 뭐…… 네."

"하긴, 확실히 불은 위험하지……. 어렸을 때는 왜 이런 마법에 눈떴을까 고민하던 시기도 있었어."

옛날 생각에 잠겨 이야기하는 노아를 보고 나도 신묘한 표정이 되었다.

"하지만 언제까지고 고민해 봤자 소용없으니까 좋게 생각하기로 했어."

잠깐만 기다려. 태도 변화가 너무 빠르지 않아?

갈등이라든가 고뇌라든가 그런 과정을 명백하게 건너뛰었지?

"불도 위험하기만 한 건 아니야. 어두운 곳에서 불을 밝혀 길을 비출 수 있고, 조리할 때도 쓸 수 있어. 나쁜 점만 찾아 봤자 우울해질 뿐이니까 나는 좋은 점을 찾아서 이 마법과 마주했어."

"……노아는 강하구나."

"귀찮게 생각하는 걸 싫어할 뿐이야."

노아는 자신이 타고난 마법을 받아들이고 이해하려고 했다.

그게 얼마나 어렵고 대단한 일인지 막연하게나마 이해할 수 있었다.

"내가 보기에는 하루마가 더 강해."

"아니, 나는 강하지 않아. 원래 세계에서는 내가 가진 힘을 어떻게 하지도 못했고."

"어떤 때든 비를 내린다는 것만으로도 좌절하기 충분한데 당신은 좌절하지 않았어. ……그리고 지금 이렇게 여기 있어. 그건 대단한 일이라고 생각해."

"아니, 그렇지는……."

"적어도 나는 버티지 못했을 거야. 감정이 격해지면 비를 내린다는 건…… 즐거울 때도, 슬플 때도 비를 내린다는 거잖아?"

노아의 말에 당황하고 말았다.

기쁨도, 분노도, 슬픔도, 내 안에서 치솟는 모든 감정이 쾌청한 하늘조차 우천으로 바꿔 버렸다.

다른 사람에게 상담해도 다들 황당무계한 이야기로 치부했고, 결국에는 나도 농담이라고 얼버무렸다.

앞으로 사는 내내 비에 시달릴 것이라는 절망과 타협하기 위해 나는 희망을 품지 않고 비에 시달리는 인생을 받아들였다.

그렇게 자신을 지키며 살아왔다.

"하지만 지금은 달라……."

불현듯 자신의 손바닥을 바라보았다.

이 세계에서 나는 자신의 힘을 알게 되었다.

이 힘을 올바르게 쓸 수 있게 노력했다.

그리고 이런 나를 도와주는 상냥한 사람들이 있었다.

그렇기에 나는 계속 전진해 나가야 했다.

"나는 자신의 마법과 마주하고 있을까?"

제어하려고 노력은 하고 있지만, 진심으로 조종하려고 했을까?

안 해도 될 부분까지 제한을 걸어서 오히려 자신의 마법을 꽁꽁 옭아매려고 하지는 않았을까?

한 가지 의문이 여러 사고로 분기하고 최후에 하나로 정리되었다.

"고마워. 노아, 조금 알 것 같아."

"어? 뭐가? 딱히 특별한 말을 하진 않았는데."

"그래도."

한 번 천천히 심호흡한 후, 다시 밭 앞에 섰다.

"다시 한 번 다섯 번째 비구름에 명령을 새겨 볼래."

"잠시 간격을 두는 편이 좋지 않아?"

"끼잉."

놀다 지친 후우로를 안은 리온의 말에 고개를 가로저었다.

"조금 시도해 보고 싶은 게 있어. 이게 안 되면 내일 할게."

"……힘내."

"그래, 고마워."

다시 한 번 자신의 손바닥을 바라보다가 눈을 감았다.

사실은 여전히 무서웠던 걸지도 모른다.

잘 다루게 되었어도 내 마법은 많은 사람에게 재앙을 불러올지도 모르는 위험한 마법이다.

그리고 내게도 지금까지의 인생에 큰 영향을 끼쳐 온 힘이었다.

"나는 마음 한편으로 두려웠던 거야."

이 힘이 폭주하지 않게 무의식적으로 힘을 억제했다.

힘을 다룰 수 있게 되었기에 그 폭주를 두려워했다.

"하지만 언제까지고 무서워할 수는 없어……."

나도 슬슬 자신의 운명과 마주해야 했다.

기후마법이라는 이질적인 힘을 가졌다는 사실과 마주하고 이해해야 했다.

이 마법도 내 일부다. 상당히 늦어지고 말았지만, 앞으로 인생을 함께 살아가기에는 아직 늦지 않았을 터다.

"……자, 그럼."

눈을 감은 채 손바닥에 비구름을 만들어 냈다.

지금까지 그랬듯 거기에 존재하는 비구름에 집중했다.

하지만 강하게 옭아매지는 않았다. 어디까지나 자유롭게, 그러면서도 지향성을 가지도록 명령을 새겼다.

이제까지와는 달리 명령이 매끄럽게 새겨지는 감각에 놀라며 천천히 눈을 떴다.

손바닥 위에는 평소와 다름없는 비구름이 둥둥 떠 있었다.

하지만 나는 그 비구름을 보고 뭔가가 다르다고 확신했다.

"좋아…… 보낸다."

""……""

이 자리에 있는 모두가 긴장한 얼굴로 지켜보는 가운데, 네 번째 비구름이 움직이는 밭 한편에 곁들이듯 최대한 상냥하게 비구름을 보냈다.

"어떠냐……!"

뭔가가 다를 터!

나 자신도 마른침을 꼴깍 삼키며 비구름을 응시하고 있으니 밭 위에 둥둥 뜬 비구름이 작게 약동하고 움직이기 시작했다.

"……! 움직이고 있어? 이거, 움직이고 있지?!"

"응, 다섯 번째 비구름이 제대로 움직이고 있어."

"내 눈에도 확실하게 보여!"

비구름은 조금 미덥지 못하게 파들거리면서도 느릿하게 다른 비구름처럼 밭에 비를 내렸다.

"해, 해냈다! 해냈어!!"

"해냈구나, 하루마!"

마침내 다섯 번째 비구름에 명령을 새긴 나는 나잇값도 못 하고 신나서 외쳤다.

동심으로 돌아가 좋아할 정도로 기뻤다.

밭에 자동으로 비를 내리는 비구름이 늘어날수록 작업 효율도 좋아진다.

"이제 기후마법은 완전히 정복한 거 아니야?"

"아니, 아직이야."

노아의 말에 고개를 가로저었다.

확실히 예전의 나라면 이 성가시기 짝이 없는 마법을 내 뜻대로 다루게 된 시점에 만족했을 것이다.

하지만 지금은 기후마법을 다루게 되는 것만이 목적이 아니었다.

"나도 이해해 보려고 해."

"이해해 본다니…… 기후마법을?"

"그래. 사실은 이 세계에 오기 전까지 비를 내리는 힘 같은 건 쓸모없다고 생각했었어. 하지만 네 이야기를 듣고 알았어. 나는 마법을 자기 것으로 삼으려고는 했지만 이해하려고는 하지 않았었어. 그래서 무의식적으로 힘을 억제하여 오히려 조종하기 어렵게 만들었어."

「받아들이는 것」.

그것이 지금 내가 한 단순한 일이었다.

하지만 노아의 말을 듣기 전까지 나는 그런 단순한 사실을 깨닫지 못했었다.

"성가신 마법이라든가, 내 인생을 괴롭혔다든가, 이제 그렇게 생각하지 않을 거야. 나는 앞으로 이 마법과 인생을 함께해야 해. 그렇다면 더 이해해서 좋은 점을 발견해야지."

"비양배추 재배가 끝나더라도?"

"물론이야."

리온의 말에 웃으며 고개를 끄덕였다.

비양배추 재배가 끝나더라도 내가 해야 할 일이 전부 끝나는 것은 아니다.

가능하다면 나는 이 새로운 세계에서 생활하며 많은 것을 배우고 체험하고 싶다.

"아직 내게는 배워야 할 것이 많지만 한 걸음씩 나아가면 돼. 다행히 시간은 많으니까."

이제 나는 수면 시간 외에는 일에 쫓기던 샐러리맨이 아니다.

굴레가 사라진 지금, 내게 주어진 시간은 넘치도록 많았다.

그렇다면 하고 싶은 일을 다 할 수밖에 없잖아?

안 그러면 새로운 인생이 시작된 의미가 없다.

"자, 다섯 번째 비구름도 만들었으니 작업을 재개할까."

첫 목표는 비양배추 재배다.

그 목표를 달성하기 위해 나는 한층 기합을 넣고 밭과 마주했다.

***

오두막으로 이사하고 2주가 지났다.

정들면 고향이라고, 새로운 곳에서의 생활도 며칠 지나자 금방 익숙해졌다.

내가 독립생활에 익숙해지기도 했지만, 가장 큰 요인은 후우로가 있어서일 것이다.

믿음직한 후우로와 함께 있어서 독립생활이지만 혼자가 아니라는 안심이 들었고 조금도 외롭지 않았다.

"좋아, 오늘도 힘내자. 후우로."

"멍!"

"대답 한번 씩씩하네."

하늘이 밝아 올 무렵에 후우로와 함께 밖에 나온 나는 매일 되풀이하는 작업을 수행했다.

결구할 조짐이 보이기 시작한 비양배추에 물을 주고, 잎에 벌레가 생기지 않았는지 하나하나 꼼꼼히 확인해 나갔다.

그사이에 후우로는 늠름한 얼굴로 밭 옆에 앉아 숲을 지그시 보며 비양배추를 노리는 외적의 습격을 경계했다.

그런 후우로를 힐끔 보고서 흐뭇해하며 잎을 확인하다가, 잎 뒤편에 나비의 유충으로 보이는 벌레가 있음을 알아차렸다.

"정말이지, 조금도 방심할 수가 없다니까……."

원래 세계에서도 양배추는 벌레 먹기 쉬운 채소이긴 했다.

그래도 비양배추는 거의 온종일 비를 맞아서 벌레가 잘 생기지 않지만, 비가 내리지 않는 심야를 틈타 이렇게 벌레가 생겼다.

한숨을 쉬며 유충을 손바닥에 올린 나는 옆에 준비해 둔 바구니에 넣었다.

이 바구니는 나중에 다른 곳에 풀어 주려고 준비한 것이었다.

"사실은 죽이는 게 좋겠지만, 왠지 싫단 말이지."

벌레를 죽이는 것에 대한 죄책감인지 나도 잘 모르겠지만 왠지 풀어 주고 말았다.

뭐, 어쨌든 벌레를 만지는 것이 거북하진 않아서 다행이었다.

"……응?"

발견한 벌레를 바구니에 넣다가 시야 끄트머리에 늘 보는 마을 사람의 모습이 잡혔다.

강직해 보이는 체격 좋은 장년 남성과 자상한 인상의 여성.

나를 보고 말없이 인사해서 나도 머리를 숙였다.

여성 쪽은 생긋 웃고 손을 흔들며 자리를 떴다.

조금씩이지만 나도 이 마을에 녹아들고 있었다.

노아가 「비내리군소」라는 친근한 별명을 지어 준 덕택도 있지만, 역시 볼 줄 아는 사람은 제대로 봐 주고 있었다.

"……좋아."

다시금 마음을 다잡고 작업으로 돌아갔다.

벌레를 찾는 것 외에도 삽으로 흙을 더하거나 잡초를 뽑으며 장시간에 걸쳐 밭 전체의 비양배추를 정성껏 돌봤다.

그것만으로도 상당한 시간이 걸리지만, 익숙해지니 별로 힘들지는 않았고 오히려 성장이 즐거웠다.

마치 분재를 키우는 노인 같은 기분이었다.

"흥~ 흥흥~."

나답지 않게 콧노래를 부르며 비양배추를 돌봤다.

특별할 것 없는 채소 가꾸기 일상.

이세계라는 곳에서 내가 발견한 한 가지 삶의 방식.

지금까지와는 달리 그것에 편안함을 느끼며 나는 오늘도 비양배추를 키운다.

—그랬지만.

잊어버렸을 때쯤 재해가 찾아온다고 하던가. 생각지도 못한 타이밍에 새로운 방문자가 내 밭에 나타났다.

"나 왔다, 하루마!"

"……."

랑그롱 가문의 당주, 케이 랑그롱 씨가 예고도 없이 밭을 찾아왔다.

지금 나는 수업을 시작하며 기습 쪽지 시험이 있다는 말을 들은 학생 같은 심경이었다.

랑그롱 씨 뒤에는 예전에 저택에서 안내해 줬던 집사와 작게 손을 흔드는 노아가 있었다.

왜, 왜 이제 와서 침묵을 깨고 당신이 오는 거죠, 랑그롱 씨…….

"하하하! 미안! 노아는 내가 입단속을 시켰어!"

"미안, 하루마."

데헷 하며 노아가 손바닥을 마주 댔다.

장난스러운 사과에 어깨를 떨군 나는 스스로도 알 수 있을 만큼 떨리는 목소리로 말했다.

"올 거면 온다고 제대로 알려 주세요……."

"그러면 재미없잖아."

심지어 고의야.

역시나 파격적인 귀족이다. 상식의 틀조차 파괴하고 있는 것 같다.

"실은 너의 평상시 모습도 봐 두고 싶어서 말이야. 조금 떨어진 곳에서 보고 있었어."

"예?"

그럼 내가 비양배추를 보며 실실 웃는 모습을 목격했다는 건가?

심지어 콧노래를 부르는 모습도 본 거야?

무진장 창피한데요. 어떻게 그럴 수가 있죠.

"일에 열중한다는 건 참 멋져. 실제로 비양배추를 키우는 네 표정은 그야말로 농사꾼의 얼굴이었어."

"그, 그런가요. 감사합니다."

랑그롱 씨가 등을 팡팡 때리며 그렇게 말했다.

등을 때리는 힘에 뺨이 실룩였다.

이거, 리온과는 다른 느낌으로 거리감을 못 잡겠어.

에릭 씨의 이야기를 듣고 최대한 부담 가지지 않으려고 했지만, 괜히 너무 친근하게 굴면 불쾌하게 여길지도 모른다.

"호오, 이게 우천 기후마법인가! 자연 현상조차 마법으로 만들어 내다니…… 정말이지 흥미로워."

성큼성큼 밭으로 다가온 랑그롱 씨는 흥미진진한 눈으로 밭에 비를 내리는 비구름을 관찰했다.

"그리고 이게 비양배추인가. 언뜻 보기에는 평범한 양배추와 똑같아 보이지만, 이 거리에서도 다른 채소와는 비교가 안 되는 향긋한 냄새가 나는군."

노아 이상으로 잡아먹을 듯이 비양배추를 관찰하는 랑그롱 씨를 멍하니 보고 있으니, 노아가 즐겁게 웃으며 내 옆으로 왔다.

"하여간 아버지도 못 말린다니까. 어린애처럼 신나서는."

정말 너랑 똑같다는 말은 구태여 하지 않았다.

쓴웃음으로 얼버무리며, 밭을 둘러보는 랑그롱 씨를 보고 있으니 노아의 발밑으로 후우로가 왔다. 아는 얼굴이 찾아와서 다가온 듯했다.

"어머, 후우로. 오늘도 하루마를 돕는 거야?"

"멍!"

"그래, 장하네~."

노아는 꽃이 피어나듯 웃으며 후우로를 들어 꼭 안았다.

그걸 알아차린 랑그롱 씨가 이쪽을 돌아보더니 눈을 동그랗게 뜨며 다가왔다.

"이 아이가 새끼 비늘대인가."

"맞아. 아주 얌전해."

노아가 랑그롱 씨에게 후우로를 보여 줬다.

랑그롱 씨는 눈을 가늘게 뜨고서 후우로에게 얼굴을 가까이 대고 빤히 바라보았다.

"그런가…… 흐음."

뭐 하는 건가 싶어서 말을 걸려고 하자 랑그롱 씨가 얼굴을 뒤로 빼고 씩 웃었다.

"그야말로 무해해 보이는 생물이야. 좋아, 네가 이 마물을 마을에서 키우는 걸 정식으로 허락하마."

"예? 아, 네. 감사합니다."

한 번 보고서 안전하다고 판단한 데다가 후우로를 마을에서 키워도 된다고 허락해 줬다.

……괜찮은 건가? 이런 건 뭔가 여러 가지 절차를 밟는 편이 좋지 않나?

"잘됐다~. 앞으로는 주위를 신경 쓰지 않고 마을을 돌아다닐 수 있어~."

"멍!"

정작 한 사람과 한 마리는 그런 건 개의치 않고 기뻐했다.

역시 현대인다운 『서류 작성! 신청! 인가!』에 익숙해져 버린 내가 이상한 건가.

"……노아, 하루마와 할 얘기가 있으니 잠시 둘만 있게 해 주겠니?"

속으로 끙끙대고 있으니 랑그롱 씨가 그렇게 말했다.

그 말에 노아는 나와 랑그롱 씨의 얼굴을 번갈아 보았지만, 분위기를 파악했는지 그대로 후우로를 데리고 갔다.

"비채소가 내 영지에서 재배되다니. 가주가 되고 이런 일이 일어날 줄은 꿈에도 생각 못 했어."

비양배추가 가득한 밭을 둘러본 랑그롱 씨의 말에 나는 묘한 맥빠짐을 느끼며 대답했다.

"수확한 비양배추 일부는 랑그롱 씨에게 드릴 생각입니다."

비양배추는 랑그롱 씨와 마을 사람들에게 나눠 주자고 생각하고 있었다.

원래부터 혼자 다 소비할 수 있는 양이 아니었다. 우리가 먹을 몫과 다른 사람에게 나눠 줄 몫, 그리고 채종용으로 남길 몫으로 나누면 되지 않을까 구상 중이었다.

"아니, 비채소를 요구한 게 아니라 네 향후를 걱정한 거야."

"제 향후?"

"네가 비채소 재배를 성공시키면 분명 왕국은 혼란 상태에 빠지겠지. 아무튼 너는 전설이나 다름없는 환상의 채소를 사람의 손으로 키운 첫 번째 인간이니까."

……역시 그렇게 되나.

생각을 안 하지는 않았다.

내 마법으로만 키울 수 있는 채소를 키워 버렸다.

게다가 그 채소가 아득한 옛날에 절멸했다고 여겨지는 것이라면 그 방면의 전문가가 무시할 수 있을 리가 없다.

"그러면서 많은 사람이 네게 선택을 강요하겠지. 왕국에서 연구에 협력하거나, 비채소로 떼돈을 벌거나, 최악의 경우엔 능력을 노리고 널 납치하려는 자가 나올지도 몰라……."

납치라는 말을 듣고 한순간 가슴이 서늘해졌다.

표정을 굳힌 내게 랑그롱 씨가 이어서 말했다.

"비늘대도 그래. 지금 생존한 개체는 네 곁에 있는 한 마리뿐. 그 희소성을 악인이 눈치챘다면 위험이 닥칠 거야."

노아와 함께 있는 후우로에게 시선을 보냈다.

비채소 재배를 성공시키는 것은 내 예상보다 훨씬 위험한 일이었다.

"나는 이곳을 다스리는 영주지만, 네 선택을 강요하지는 않을 거다. 하지만 네가 바란다면 내가 뒷배가 되어 주지."

"랑그롱 씨가요……?"

"나도 조금 이름이 알려진 귀족이야. 국왕 폐하 같은 까마득한 존재의 명령은 무시할 수 없지만, 너를 부조리로부터 지키는 것 정도는 가능해."

"더 바랄 나위가 없는 제안이지만, 그건……."

안이하게 받아들여도 되는 걸까?

이 자리에서는 구두 약속이다. 하지만 상대는 귀족이다. 아무런 사회적 지위도 없는 내가 생각 없이 승낙했다가 돌이킬 수 없는 일이 벌어지기라도 하면 웃어넘길 수 없다.

"그 굳은 표정을 보아하니 내가 비채소의 이익을 독점할지도 모른다고 의심하는 모양인데, 나는 원래부터 이익 따위 필요 없어. 그 생태에는 아주 관심이 많지만 말이지. ……아니, 맛도 궁금한데……. 잃어버린 맛이라고 하면 싫어도 관심이 가."

진지하게 팔짱을 낀 랑그롱 씨의 말에 허탈해하며 이 사람에 대한 인식을 크게 고쳤다.

"비채소 재배에 성공하면 신세 지겠습니다."

"좀 더 곰곰이 생각해도 돼. 방법만 틀리지 않는다면 너는 많은 부를 얻을 수도 있어."

"저는 돈을 벌려고 이걸 키우고 있는 게 아니니까요."

사실상 비채소를 키울 수 있는 사람은 나밖에 없으니, 상업 유통에 손을 대면『비채소 대량 생산 → 일손 부족 → 내가 매우 열심히 일해야 함』이라는 파멸의 연쇄 반응이 일어난다. 그러면 원래 세계에서의 사회인 생활과 똑같다.

"지금은 제 마음대로 채소를 가꾸고 싶습니다. 부끄러운 얘기지만 처음에는 정말로 아무 생각 없이 밭을 만들었거든요. 그저 마법 연습에 좋겠다 싶어서요."

하지만 씨를 뿌리고 흙을 만지다 보니 생각이 점차 달라졌다.

나는 눈앞의 밭을 덮듯 두 손을 펼치고 랑그롱 씨에게 웃었다.

"비양배추 수확, 그리고 직접 기른 이 녀석을 먹는 것! 그게 지금 제가 하고 싶은 일입니다!"

내 말에 랑그롱 씨는 재미있다는 듯 웃었다.

"그렇군. 하하하, 돈보다 맛을 추구하는가! 그것참 욕심 없는 녀석이야!"

"맛은 중요하잖아요?"

"확실히 그렇지! 어떤 음식이든 맛이 없으면 의미가 없어!"

나는 신분 관계도 잊고 랑그롱 씨와 함께 웃었다.

"역시 선생님이 제자로 삼은 인간이야. 이렇게 별날 수가 있나."

나는 랑그롱 씨가 말한『선생님』이라는 말을 놓치지 않았다.

옛 선생과 제자. 입으로는 으르렁거려도 역시 서로 신뢰하고 있었다. 그걸 새삼 알고 묘하게 기뻐졌다.

"일단 형식상 이쪽에서 부탁드려도 될까요?"

"딱히 그렇게 격식 차리지 않아도 되는데, 유난히 형식을 중시하는군."

"중요한 일이니까요."

샐러리맨 시절에는 일상적으로 계약을 다뤘으니 말이지.

그리고 랑그롱 씨에게는 다시금 확실하게 부탁하고 싶었다.

천천히 숨을 들이쉬고 복장을 정돈한 나는 등을 곧게 펴고 랑그롱 씨를 보았다.

"케이 랑그롱 님. 비채소 재배에 성공하면 뒷배가 되어 제 신변을 보장해 주시기 바랍니다."

"그래. 그 말, 랑그롱 가문의 당주 케이 랑그롱이 승낙했다. 비채소 재배에 성공하면 정치적, 상업적 간섭으로부터 너를 지키겠다고 약속하마. 아마미야 하루마."

서로 악수를 나눴다.

이 사람과는 앞으로 오랜 인연이 될 것 같다.

그렇게 생각하며 손을 놓으려고 하자 갑자기 랑그롱 씨가 악수한 손에 힘을 줬다.

"그런데 하루마. 방금 생각났다만……."

"음? 어, 어라, 잠시만요, 손이 아픈데요……."

"너와 딸의 사이가 아주 좋아 보인다는 소문이 있는데…… 이건 어떻게 된 거지? 아니, 나는 화내는 게 아니야. 그저 아빠로서 사정을 파악해 두고 싶어서—."

얼굴에 그림자를 드리운 채 중얼중얼 말하는 랑그롱 씨를 보고 위축된 나는 순간적으로 부정하는 말을 꺼냈다.

"그, 그그그그, 그런 일 없습니다! 나이 차이도 나고, 말도 안 됩니다!"

"네 이놈, 노아가 귀엽지 않다는 거냐!!"

에릭 씨랑 반응이 똑같아?!

손을 꽉 쥐는 악력에 식은땀을 흘리며 필사적으로 랑그롱 씨를 진정시키려고 했다.

일방적인 원핸드쉐이크 데스매치로 발전하려고 했을 때, 소란을 듣고 달려온 노아의 「민폐 끼치지 마」라는 한마디에 랑그롱 씨는 침착함을 되찾았다.

꽤 큰 충격을 받고 노아에게 사과하는 랑그롱 씨를 보며 「아아, 역시 그 부분도 에릭 씨와 비슷하구나」하고 납득했다.

"주인님, 슬슬 가실 시간입니다."

"음? 벌써 그렇게 됐나. 시간은 참 빨리 지나가는군."

집사의 말에 랑그롱 씨는 아쉽다는 표정을 지었다.

"미안하지만 슬슬 저택에 돌아가야 해서 말이지. 오늘은 널 알게 돼서 좋았다."

"신경 써 주셔서 정말 감사합니다."

"하하하! 앞으로도 힘내라. 하루마."

소탈하게 손을 흔들고서 집사와 함께 밭을 뒤로하는 랑그롱 씨에게 다시금 인사했다.

랑그롱 씨와 만난다고 해서 전전긍긍했었지만, 이야기할 수 있어서 정말로 좋았다.

"……너는 안 돌아가?"

옆에서 같이 랑그롱 씨를 배웅한 노아에게 의문을 던졌다.

"돌아갔으면 좋겠어?"

노아는 후우로를 안은 채 부루퉁하게 나를 올려다보았다.

너무 자연스러워서 노아가 이곳에 남는 것을 의문스럽게 여기지 않은 점이 은근히 무서웠다.

"아니, 흐름상 랑그롱 씨와 함께 돌아갈 줄 알았는데."

"나는 어린애가 아니야. 일일이 아버지 뒤를 쫓아다니는 건 싫어."

또 랑그롱 씨가 진짜로 울 만한 소리를…….

"아버지, 에릭 씨와 만났을 때처럼 기뻐했어."

"서로 욕하지는 않았지만."

"그건 일종의 커뮤니케이션 같은 거야. ……나이 지긋한 어른 둘이서 서로 헐뜯는 건 꼴사납지만."

"하하하……."

노아의 말에 쓴웃음을 지었다.

그건 그것대로, 싸울 만큼 사이가 좋다는 말을 구현한 것과 같은 거니까. 서로의 신분을 신경 쓰지 않는 신뢰 관계의 표현이라고 할 수 있을지도 모른다.

"나, 조금 안심했어."

"뭐가?"

"당신이 돈에 눈이 머는 사람이 아니라서."

"……랑그롱 씨랑 한 얘기를 들었어?"

"우연히 들렸어~ 그치? 후우로."

"크앙~."

내 파트너가 노아에게 회유당하고 말았다.

놀라우리만큼 쉬운 녀석이었다. 금발 소녀의 색향에 속아 넘어가다니.

근데 남들이 보기에 나는 돈에 환장하는 녀석 같았던 걸까. 그렇다면 섭섭하다. 이 세계에서 나만큼 돈에 무심한 남자는 없을 거야, 아마도.

"왜 내가 돈에 눈이 머는 인간이 아니라서 다행이야?"

"왜냐하면 나는 지금껏 즐겁게 비채소를 가꾼 하루마가 마음에 들어서 이곳에 오고 있는걸. 당신이 돈 때문에 비채소를 가꾸기 시작하면 나는 이곳에 올 수 없게 돼."

"……!"

마음에 든다는 말에 나잇값도 못 하고 기뻐졌다.

동요하여 말을 머뭇거리고 말았지만, 정작 발언한 노아는 아주 당당했다. 역시 이 아가씨는 너무 멋있다.

"하지만 돈은 필요해. 나도 아무것도 없이 먹고살 수 있으리라고는 생각 안 해."

"돈을 한 푼도 벌지 말라는 게 아니야. 내가 하고 싶은 말은 오직 돈벌이 수단으로 비채소를 재배하는 건 뭔가…… 쓸쓸하잖아."

"그건…… 확실히 그렇지."

원래 세계에서는 생활하기 위해 일했다.

거기에 즐거움 같은 것은 없었다.

그런 세계에서 나는 일종의 체념마저 품고 있었다.

이대로 계속 일만 하는 비슷한 일상을 반복하며 살아가겠지, 하고.

그러다가 이 세계에 온 나는 비채소와 만나고 채소 재배의 즐거움을 알았다.

사회의 톱니바퀴로서 일하는 잿빛 일상과는 다른 다채로운 일상.

괴롭고 힘들고 아프기도 하지만, 그래도 지금껏 가지지 못했던 「보람」이라는 감정을 가지고서 일에 임할 수 있는 것이 내게는 무엇보다도 멋진 일이었다.

그것을 새삼 자각한 나는 어깨의 힘을 빼고 노아에게 말했다.

"잘 들어, 노아. 일단 전제부터 틀렸어. 나는 이 세계에서 돈을 벌어도 어떻게 쓰면 좋을지 몰라. 그러니까 아무리 돈이 생겨도 거의 의미가 없어."

그런 내 말에 일순 얼떨떨한 표정을 지은 노아는 재미있다는 듯 어깨를 들썩였다.

"후후, 확실히 그러네. 하루마가 이 세계에서는 세상 물정 모르는 철부지라는 걸 깜빡했어."

"철부지라니……."

세상 물정을 모르긴 하지만.

키득키득 웃는 노아를 보며 어깨를 떨구자, 노아는 안고 있던 후우로를 땅에 내리고 비양배추가 무성한 밭을 보았다.

"역시 이곳은 좋아."

"……그렇게 좋지는 않은 것 같은데."

비양배추라는 희한한 채소를 심기는 했지만 겉보기에는 흔한 밭이다.

이곳의 어디를 보고 좋다는 말이 나오는 걸까.

"경치 같은 건 관계없어. 나는 내가 생각하는 것 이상으로 여기 오는 걸 즐기고 있어. 처음에야 당신을 감시한다고 말했지만, 신기한 비채소 재배를 돕는 것도 즐겁고, 리온도 조용하지만 재미있는 아이고…… 그리고 당신도 있으니까."

"나?"

"당신처럼 나를 평범하게 대해 주는 사람은 아주 귀중해. 마을 사람들은 역시 내가 귀족 아가씨라는 인식이 있어서 아무리 말해도 격식을 차린단 말이지."

존댓말 쓰지 말라고 맨 처음 말한 사람은 너다만.

뭐, 마을 사람들은 귀족 아가씨인 노아에게 입이 찢어져도 반말할 수 없겠지. 나도 노아가 말하지 않았다면 지금도 확실히 존댓말을 썼을 것이다.

"그러니까 앞으로도 이곳에 올 거야."

"감시하려고 오던 거 아니었어?"

"당신을 감시할 필요가 없다는 건 이미 잘 아는걸. 그래서 여기 올 필요는 한참 전부터 없었어."

그럼 이 아가씨가 지금까지 여기 왔던 건…….

노아의 친절을 깨닫고 조금 감동해 버린 나는 속마음이 겉에 드

237

러나지 않게 노력했다.

"뭐, 혼자보다 둘이 낫지. 일손은 많은 편이 좋으니까 나는 대환영이야."

"후후, 그렇게."

노아는 기뻐 보였다.

그때, 후우로가 내 다리에 머리를 문질렀다.

내가 시선을 주자 후우로는 밭을 보았다.

아무래도 비가 약해졌다고 알려 준 듯했다.

"그러네. 슬슬 작업을 재개할까."

"나도 도울게~."

비가 약해진 밭에 추가로 비구름을 보낸 나는 노아와 함께 매일 반복한 농사일을 다시 시작했다.

막간3 버팀목이 되고 싶은 기분

『노아, 귀족으로서의 교양도 중요하지만, 다른 이를 돕고 지탱하는 마음을 잊지 말렴.』

어릴 적 들은 그 말을 지금도 기억한다.

귀족으로서 누군가를 돕고 지탱하는 것.

당시 그것을 잘 이해하지 못했던 내게 아버지는 자상하게 가르쳐 줬다.

『사람은 서로 지탱하며 사는 생물이야. 그건 귀족이든 영민이든 관계없어. 물론 나와 너도.』

『아버지와 나도?』

자신을 가리킨 아버지는 부드럽게 웃었다.

『네가 있어서 나는 웃을 수 있단다.』

『나도 아버지랑 어머니랑 같이 있으면 즐거워. 그것도 서로 지탱하는 거야?』

『그래, 맞아.』

그렇게 대답하고 머리를 쓰다듬어 줬다.

따뜻한 난롯불이 밝혀진 거실에서 나와 시선을 맞추려고 무릎을 꿇은 아버지는 계속 말했다.

『귀족으로서가 아니라 한 명의 아버지로서 알려 주마.』

거기서 한 호흡을 쉬고 상냥하게 말했다.

『만약 누군가를 돕고 싶다고, 버팀목이 되고 싶다고 진심으로 생각했을 때는 망설이지 말고 행동하려무나. 상대가 어떤 입장의 인간인지는 관계없어. 그 행동이 상대의 마음을 구하는 계기가 될 거다.』

『마음을 구해…….』

『네가 누군가를 생각하고 사랑할 수 있는 따뜻하고 고귀한 마음을 가졌으면 좋겠구나.』

『내가 그럴 수 있을까?』

불안해하며 묻는 내게 아버지는 다정하게 웃어 주었다.

『그럼. 너는 아빠와 엄마가 가장 사랑하는 딸이니까.』

아버지의 말은 여전히 내 마음에 깊이 새겨져 있다.

나는 그 심정을 가슴에 품고서 마을 사람들과도 인연을 키웠다.

하지만 돕고 싶다는 마음은 들어도, 누군가의 「버팀목」이 되고 싶다고 진심으로 생각한 적은 이상하게도 없었다.

나는 아마미야 하루마라는 인물을 마을에 나돌던 소문으로 알았다.

『비를 내리는 마법을 가진 남자가 있다.』

『이 땅에 다시 비를 가져올 사자.』

『혼자서 계속 흙을 만지고 있는 별난 녀석.』

그 밖에도 있지만, 들으면 들을수록 수상한 사람이었다.

실제로 마을 사람들은 불안해하고 있었다.

젊은 사람들은 별로 신경 쓰지 않았지만, 이 땅이 예전에 『비의 대지』라고 불리던 전설을 아는 노인들은 정체불명의 남자를 두려워했다.

나는 마을 사람들의 모습을 보고서 아마미야 하루마라는 남자를 조사하기로 결심했다.

첫인상은 조금 미덥지 못한 사람.

조금 이야기하고 난 인상은 우유부단한 사람.

하지만 그가 가진 마법과 이세계에서 왔다는 사실을 아버지에게 듣고, 그가 걸어온 인생은 내가 상상했던 것보다 혹독하고 잔혹했음을 이해했다.

마법이 없는 세계에서 가진, 날씨를 관장하는 강력한 마법.

감정이 격해지면 그 마법이 발동하여 하늘을 담천으로 바꾸고 비를 내리고 만다.

원래 세계에서는 되도록 비를 내리지 않으려고 노력했을 터다.

하지만 마법을 다루는 법을 배울 수 없는 그의 세계에서 할 수 있는 노력이라고는 감정이 격해지지 않도록 억제하는 것뿐이다.

인생 대부분을 그렇게 보냈다고 생각하니, 마을을 불안에 빠뜨렸다고 비난할 마음은 들지 않았다.

마침내 이 세계에 와서 기후마법을 다루게 됐는데 이번에는 『비의 대지』 전설 때문에 두려움의 대상이 되다니…… 그런 잔혹한 이야기가 있어서는 안 된다.

그래서 감시한다는 명목으로 하루마의 비채소 재배를 돕기로 했다.

자만할 생각은 없지만, 마을 사람들이 나를 얼마나 신뢰하는지는 이해하고 있었다. 그래서 내가 솔선하여 하루마와 함께하면 자연스럽게 마을 사람들의 경계심도 옅어지리라고 생각했다.

그 후로는 순식간에 하루하루가 지나갔다.

비양배추 재배.

가까이에서 본 하루마의 기후마법.

써니래빗과의 공방.

하루마와 리온, 그리고 후우로와 함께 지내는 매일.

내 일상에 끼어든 새로운 변화는 둘도 없는 소중한 것으로 바뀌어 갔다.

하루마는 원래 세계에서 부모님이 농사를 지었기도 해서 재배에 관한 지식이 풍부했다.

하지만 조금 무리하는 구석이 있었다. 본인은 괜찮다고 하지만, 원래부터 무리하는 성격일지도 모른다.

그러나 그가 한결같이 비양배추와 마주하는 그 모습은 틀림없이 농사꾼 그 자체였다.

그를 둘러싼 상황을 어떻게든 해 주려고 했던 내가 어느덧 비양배추를 재배하는 일상을 즐기게 되다니, 생각도 못한 일이었다.

아버지와 함께 하루마의 밭을 방문하고 며칠 후, 나는 하루마의 부탁으로 어떤 마을 사람의 집으로 그를 안내했다.

"감사 인사가 늦어지고 말았지만, 그때 써니래빗을 쫓아내 주셔서 정말로 감사합니다."

"홋, 그렇게 송구스러워할 필요 없어. 나도 그 토끼들에게 당한 게 있어서 말이지. 넘어갈 수 없었을 뿐이야."

"멋있게 말하고 있지만, 이이는 허둥지둥 막으려다가 그대로 넘어졌었어."

"이봐, 그건 말하지 마!"

몸집이 큰 빅터 씨와 그의 아내인 니아 씨.

예전에 하루마의 밭에 만든 울타리가 부서졌을 때, 우연히 그곳을 지나던 두 사람이 써니래빗을 쫓아내 줬었다.

하루마는 밭을 지켜 준 그들에게 고맙다고 인사하고 싶다며 내게 안내를 부탁한 것이다.

"이렇게 제대로 얘기하는 건 처음인데…… 맨 처음 봤을 때보다 훨씬 얼굴이 좋아졌군."

"그, 그런가요?"

"그래. 아, 손님을 현관에 계속 세워 둘 순 없지. 니아."

"네네. 노아 님, 하루마 씨, 들어오세요."

"실례합니다."

니아 씨의 초청을 받아 집에 발을 들였다.

내가 하루마 옆에 앉자 빅터 씨가 그의 앞에 앉았다.

"솔직히 말하면, 에릭 씨의 손녀가 너를 이 마을에 데려왔을 때, 부자연스럽게 머리 위에 떠 있는 비구름을 보고서 뭔가 귀찮은 일이 마을에 닥쳤다고 생각하여 피했었어."

"저도 수상하다는 자각은 있었으니까 크게 신경 쓰지 않습니다."

"그렇다고 해도. 너는 전혀 나쁜 짓을 하지 않았는데 피해서 미안하다⋯⋯."

"아닙니다! 저도 다가가려는 노력이 부족했으니 오히려 제 잘못이죠⋯⋯."

빅터 씨가 머리를 숙이자 하루마도 황급히 머리를 숙였다.

다 큰 어른 둘이 머리를 숙이고 있는 이상한 광경 속에서 홍차를 따른 컵을 테이블에 놓은 니아 씨가 명랑하게 웃으며 빅터 씨 옆에 앉았다.

"남편도 그렇지만 하루마 씨도 성실한 분이네요. 노아 님."

"응, 맞아. 너무 성실해서 무리하는 구석도 빅터 씨와 비슷해."

"후후후, 그럼 노아 님도 큰일이네요."

⋯⋯응응?

지금 니아 씨의 말에 뭔가 속뜻이 담겨 있었던 것 같은데⋯⋯.

시, 신경 쓰지 말자.

니아 씨를 싫어하지는 않는다. 오히려 좋은 사람이라고 생각하지만, 장난기가 과한 면도 있어서 가끔 놀리는 건 조금 불편했다.

하지만 내가 귀족 아가씨여도 상관하지 않고 대해 주는 것은 매우 고마웠다.

서로 미안하다고 사과한 빅터 씨와 하루마는 얼굴을 들고 쓰게 웃었다.

"그럼 피차일반이라고 할까."

"그러죠."

"화해……라고 해도 될지 모르겠지만, 말 나온 김에 물어봐도 될까? 너는 대체 뭘 가꾸고 있는 거야? 양배추 같은 뭔가를 재배하고 있다는 건 알겠는데."

"아아, 그건……."

하루마가 비채소에 관해 설명했다.

기후마법, 비채소, 그리고 비양배추. 하루마가 재배 중인 작물에 관해 들은 빅터 씨는 팔짱을 끼고 감탄했다.

"그랬군, 비채소인가. 허황된 이야기라고 생각했는데 설마 실제로 가꾸고 있었을 줄이야. 그래서 작물이 시들 만한 기세로 물을 줬던 거군."

"남들 눈에는 비정상적인 양의 수분을 주고 있는 것처럼 보이겠죠."

"맞아. 가르쳐 줄까 싶기도 했었는데 괜한 창피를 당할 뻔했어. 하하하."

평범한 작물을 재배하는 자가 보기에는 그렇게나 많은 물을 주며 키우는 비채소가 이질적일 터다.

"고생했겠군."

"네. 처음에는 마법 연습과 밭일을 병행하느라 머리가 터질 뻔했어요……."

"그것도 그렇지만, 나도 일단은 농사를 지으니까. 밭을 처음부터 만드는 게 얼마나 힘든지는 알아."

빅터 씨가 진지한 표정으로 그렇게 말하자 하루마도 당황하며 놀랐다.

"그리고 네가 얼마나 노력하고 있는지도 봐서 알아."

"네?"

"마을 사람들도 네가 나쁜 짓을 할 만한 녀석이 아니라는 건 이미 알고 있어. 아침부터 저녁까지 필사적으로 밭과 마주하는 모습은 틀림없이 우리와 똑같아. 채소는 생명이야. 생명과 진지하게 마주할 수 있는 녀석은 나쁜 짓 못 해."

노력하는 모습은 누군가가 분명 봐 준다.

아침부터 저녁까지 농사에 힘쓰는 하루마도 예외는 아니다.

"……고맙습니다."

"이봐, 울 것 같은 표정 짓지 마. 나는 솔직하게 말했을 뿐이야."

"그래도, 고맙습니다."

내게 보이지 않게 얼굴을 돌리고 눈가를 훔친 하루마는 다시 빅터 씨에게 고개를 숙였다.

하루마에게 빅터 씨의 말은 자신의 노력을 인정해 준 것과 같았다.

지금까지 노력한 하루마가 인정받아서 왠지 나까지 기뻐졌다.

"그리고 노아 님도 함께 계시니 의심할 여지가 없지!"

"후후후, 맞아. 노아 님도 즐기고 계신 것 같고."

"뭐?!"

하루마보다 조금 연상인 니아 씨의 기습에 얼굴이 화끈거렸다.

"하하하, 노아에게는 늘 도움만 받고 있습니다."

"그렇지? 노아 님의 농업 지식은 본업인 우리 못지않으니까."

"당연하지. 종사한 세월이 달라, 세월이. 나는 어릴 때부터 마을 사람들을 봐 왔는걸."

나도 귀족으로서 파격적이라는 자각은 있다.

하지만 귀족으로서 잘못된 일을 하고 있다고는 생각하지 않는다.

내 눈으로 보고, 내 귀로 듣고, 내 손으로 만진다.

아버지가 해 온 일을 지금은 딸인 내가 하고 있었다.

그렇게 나는 영민의 생활과 고초, 그리고 이 마을이 얼마나 멋진지를 알고 함께하고자 했다.

"이야~ 생각해 보면 노아 님은 어릴 때부터 바람처럼 온 마을을 뛰어다니셨지. 당시에는 랑그롱 님의 자녀분이 진흙투성이가 되어 쏘다니셔서 우리도 조마조마했어."

"그러고 보니 뱀이든 개구리든 맨손으로 잡았지. 그렇게 씩씩하고 귀여웠던 아이가 지금은 이렇게 예뻐지셨어."

"잠깐만, 빅터 씨! 니아 씨!"

"어이쿠, 미안, 미안."

어째서 이 흐름에 내 어린 시절 이야기가 나오는 거야?!

지금 여기서 말하지 않아도 되잖아?!

열이 식으려던 얼굴이 재차 뜨거워졌다.

"그러고 보니 빅터 씨는 평소에 써니래빗이 습격하면 어떻게 쫓아내시나요?"

옆에서 얼굴이 새빨개진 나를 보고 하루마가 화제를 바꿨다.

그 배려는 고맙지만, 뭐라 말하기 어려운 창피한 기분이었다.

"써니래빗이라……. 그 녀석들은 영리해서 기본적으로 함정은 소용이 없어. 상대가 어떻게 나오는지 보고 쫓아내는 게 제일 좋은 방법이야."

"그렇죠. 그 녀석들 진짜 너무 똑똑해요……. 저도 기후마법으로 응전했지만, 잎으로 갑옷을 만드는 토끼답지 않은 작전으로 공략당하고 말았어요."

"뭐?! 그 녀석들, 그런 짓까지 하는 건가……. 정말이지, 어지간한 마물보다 교활하고 무서운 녀석들이야."

써니래빗이 얼마나 무서운 녀석들인지 이야기하는 두 사람, 그걸 지켜보는 나와 니아 씨.

마침내 마을 사람들 중에서 하루마가 허심탄회하게 이야기할 수 있는 상대가 생겼다.

하루마가 마을의 진정한 일원이 될 날도 그리 머지않은 것 같다.

"하루마 씨도 우리 남편처럼 채소 이야기가 나오면 푹 빠지는군요."

"그만큼 열중해 있다는 거겠지. 둘 다 나보다 연상인데 마치 어린아이 같아."

"……."

"왜, 왜 그렇게 봐? 니아 씨."

니아 씨가 생글생글 웃으며 나를 보았다.

"노아 님과 하루마 씨가 함께 밭일하는 모습을 자주 보는데, 그때 노아 님의 표정이 정말 즐거워 보이셔서, 어릴 적을 아는 몸으로서 왠지 감개무량한 기분이 들어서요……."

"나, 나랑 하루마만 있는 건 아니야……. 리온도 있고……."

"어머나, 저도 참. 조금 아줌마 같았나요?"

어라? 안 듣고 있어?

후후후, 이상하게 웃는 니아 씨를 보고 한숨을 쉬었다.

하루마와 함께하는 밭일을 즐기고 있는 것은 사실이다.

하지만 이 사람이 그렇게 말하니까 왠지 다른 의미로 들려서 괜히 당황하게 된다.

당황할 이유가 없을 터다.

심란해지지 않도록 작게 심호흡하고 있으니 옆에서 써니래빗 대책을 이야기하던 두 남자가 마침내 대화를 끝냈다.

"너무 오래 붙잡고 있으면 안 되겠지. 너도 비채소를 돌봐야 할 테고. 다른 녀석들에게도 너에 관해 말해 두마. 괜한 선입관만 없다면 이 마을 사람들은 전부 좋은 녀석들뿐이야."

"빅터 씨……. 정말로 감사합니다."

"고마워할 필요 없어. 오히려 섣불리 의심한 것을 내가 사과해야지. 뭐, 말하자면 이것도 우리의 책임이야."

변함없이 호쾌해 보이지만 성실한 사람이다.

빅터 씨 덕분에 하루마가 마을에 녹아들게 되는 것은 기쁜 일이었다.

"혼자서 힘들지도 모르지만 이건 너만 할 수 있는 일이야. 응원하마."

"여보, 틀렸어."

"응? 뭐가."

"노아 님도 계시니 둘이죠."

"뭐?! 무슨 소릴 하는 거야, 니아 씨!"

갑작스러운 발언에 당혹스러워했지만, 어째선지 빅터 씨는 납득했다.

"하하하! 그것도 그렇군!"

더는 모르겠다.

이 부부에게 걸리면 귀족인 나도 쩔쩔맨다.

수치심에 부들거리며 빅터 씨와 헤어진 나는 하루마와 함께 밭으로 돌아가고 있었다.

"빅터 씨랑 니아 씨, 좋은 사람들이었어."

"그렇지? 마을 사람들은 전부 좋은 사람들이야."

"네가 그렇게 말한다면 틀림없겠지."

"당연하지."

하루마도 기분이 좋아 보였다.

그것도 당연한가. 나도 흐뭇하게 여기며 나란히 걷는 하루마에게 말했다.

"밭은 괜찮아?"

"리온이랑 후우로가 봐주고 있어. 그리고 명령을 새긴 비구름을 놔뒀으니까 물 걱정도 안 해도 되고, 괜찮아."

아무렇지도 않게 말했지만, 마법에 명령을 새기는 것은 상당히 어려운 일이다.

반대로 말하자면 하루마의 인생을 괴롭힌 기후마법이 그와 더할 나위 없이 상성이 좋다는 뜻이었다. 조금 얄궂다는 생각이 들었다.

"아니지."

우리 세계에서 기후마법과 함께 살아가기로 결심한 하루마에게는 더할 나위 없이 좋은 일이겠지.

"응? 뭐가 아니야?"

"아무것도 아니야."

그걸 굳이 말로 표현할 필요는 없을 것이다.

하루마는 이미 결심하고 그렇게 살아가기로 했으니까.

"짧은 기간이었지만 오늘까지 이런저런 일이 있었네."

"그러게. 처음에는 날 감시하겠다고 해서 깜짝 놀랐는데 말이야. 하지만 지금 생각해 보니 네가 도와줘서 정말로 다행이야."

"흐흥, 당연하지. 농사에 관해서는 자신 있으니까."

"어릴 적에 마을을 뛰어다닌 덕분일까?"

"……하루마는 의외로 짓궂구나."

"하하하, 농담이야."

놀려서 토라지자 하루마가 쓴웃음을 지었다.

"네 이야기를 듣고 내 어릴 적이 떠올랐어."

"하루마의 어릴 적?"

"그래. 너처럼 밖을 뛰어다녔었지."

흐응, 하루마도 그랬구나.

어릴 적 하루마는 어떤 느낌이었을까?

지금과 달리 무척 쾌활했을 것 같기는 하다.

"내 고향은 상당한 시골이었어. 자연이 넘쳐서, 어릴 적 내게는 주변의 모든 것이 놀이터였어."

"어떤 기분인지 알아."

"아, 아는구나……."

『역시나』라고 말하는 듯한 그 얼굴은 뭐야.

하루마가 원래 살던 세계는 잘 모르지만, 그의 고향이 우리가 사는 마을과 비슷하게 자연이 풍부한 곳이었다는 건 알 수 있었다.

"어라? 하지만 하루마는 기후마법이 있으니까……."

"당시에는 내 마법을 눈치채지 못했으니까 놀러 나갈 때마다 쫄딱 젖어서 집에 돌아왔어. 부모님한테 자주 혼났지."

"괴롭지 않았어?"

"아니, 아직 어렸으니까 비가 오든 말든 신경 안 쓰고 놀았어."

"그랬구나……."

그런가. 그 무렵에는 자신이 비를 내린다는 것을 몰랐구나.

어린아이는 순진한 만큼 감정의 변동 폭도 크다. 그 탓에 간단히 비를 내리고 말았을 것이다.

조금 무신경한 질문이었을지도 모르겠다.

당사자는 좋은 추억이라면서 웃으며 말하고 있지만, 듣는 입장에서는 더할 나위 없이 어색했다.

하지만 이게 하루마의 「보통」이다.

활짝 갠 하늘 아래에서 즐기는 하루를 그는 모른다.

그의 처지를 생각하면 그렇게 인식하는 것도 어쩔 수 없었다.

하지만 그건 너무 아까운 일이다.

"하루마!"

"우왓?! 왜 갑자기 그렇게 크게 불러?"

내가 불쑥 외치자 하루마는 놀라서 돌아보았다.

"다음에 숲에 데려가 줄게!"

"자, 잠깐만, 무슨 뜻인지 모르겠어. 웬 숲?"

"아까 얘기를 들었으니까."

지금부터라도 늦지 않았다.

아이와 어른이라는 차이는 있지만, 자연을 즐기는 마음은 변함없을 터다.

나무들 사이로 비치는 따뜻한 햇볕.

햇빛을 반사하는 아름다운 청류.

예쁜 석양과 붉게 물든 산들.

대자연이 만들어 내는 그 모습들을 모르는 건 아깝다.

"여태껏 볼 수 없었던 광경을 내가 당신에게 잔뜩 보여 줄게."

내 말에 하루마는 눈을 동그랗게 뜬 후, 미소 지으며 고개를 끄덕였다.

"그래, 가자. 그때는 안내해 줘."

"물론이지! 기대해!"

서로를 보며 웃고서 우리는 다시 걷기 시작했다.

많이 큰 비양배추가 자라고 있는 밭과 리온과 후우로가 앞쪽에 보였다.

우리를 발견하고 손을 흔드는 리온에게 마주 인사하며 나는 작게 중얼거렸다.

"이게 그거일까……."

나는 이들과 보내는 일상이 좋다. 평온하고 특별할 것 없는 일상이지만, 그래도 리온이 있고, 후우로가 있고, 그리고 하루마가 있다.

나는 그런 일상이 즐겁다.

그렇기에 나는 우리의 「보통」을 모르는 하루마에게 이것저것 가르쳐 주고 싶다.

이게 분명 『누군가의 버팀목이 되는』 일이겠지.

제10화 기후마법의 올바른 사용법

내가 이 세계에 오고 약 3개월이 지났다.

그 사이에 내 주위에서는 적잖은 변화가 일어났다.

우선 마을 사람들과의 거리가 조금 가까워졌다. 마을의 영주인 랑그롱 씨가 내 밭에 온 것을 마을 사람이 목격했기 때문이다.

랑그롱 씨가 신뢰하고 있다면 자신들도 의심할 필요가 없다고 생각했을 것이다.

그리고 빅터 씨도 다른 주민들에게 나에 관해 이것저것 이야기해 주고 있는 듯했다.

그 후로는 기이한 시선을 받는 일도 줄어들었고, 내 쪽에서 인사할 수 있을 정도로는 가까워졌다.

그리고 가장 큰 변화는— 마침내 비양배추가 완전히 결구했다는 점이다.

밭에 심은 비양배추는 싱싱한 초록색 바깥 잎을 크게 펼치고 비구름에서 내리는 빗방울을 열심히 맞았다.

그리고 그 중심에는 볼링공만 한 비양배추가 결구해 있었다.

그걸 보고 조심조심 비양배추를 만져 본 나는 말로 표현할 수 없는 감정과 함께, 뒤에서 마른침을 삼키며 지켜보는 리온과 노아, 그리고 후우로를 보았다.

"수확할 때가 됐어……!"

"해냈구나, 하루마!"

"애썼어, 하루마."

"멍!"

두 사람과 한 마리의 표정이 밝아졌다.

나도 따라서 웃는 얼굴이 되었다.

여기까지 긴 것 같으면서도 짧은 여정이었다.

처음에는 몇 번이나 좌절할 뻔했지만, 지금 나는 이렇게 비양배추 재배를 끝까지 완수할 수 있었다.

수확한 비양배추는 마을 사람에게 빌린 짐수레에 싣기로 하고, 또 필요한 건…… 그래, 수확 방법을 확인해 둘까.

"그럼 수확 방법인데, 노아는 이미 알고 있지?"

"물론이지. 나를 누구라고 생각해?"

귀족인데 말이지.

당연하게 양배추 수확 방법을 아는 노아를 보고 쓰게 웃으며, 미리 리온에게 부탁해서 준비한 식칼을 들었다.

"자, 그럼."

"하루마."

"응? 왜? 리온."

작업에 들어가려고 하자 리온이 나를 불렀다.

고개를 갸우뚱하며 노아와 함께 돌아보니 어딘가 어정쩡하게 서 있었다.

"나도, 도와줘도 돼?"

"상관없지만, 갑자기 왜?"

"마지막 정도는 도와줄까 싶어서. 나는 아무런 보탬도 안 됐잖아."

응? 보탬이 안 됐다고?

일순 리온의 말뜻을 이해하지 못했다.

하지만 이내 리온이 비양배추 재배에 공헌하지 못했다고 생각하고 있음을 깨달았다.

보탬이 안 됐다니, 그럴 리가 없잖아.

"곁에 있어 준 것만으로도 충분히 보탬이 됐어. 그리고 네가 없으면 맛있는 밥도 얻어먹을 수 없었고."

"네가 없었으면 이 사람은 수확하기 전에 쓰러졌어. 그러니까 그렇게 비하하지 않아도 돼. 오히려 더 잘난 듯이 굴어도 돼."

나와 노아의 말에 리온은 얼떨떨한 표정을 지었다.

그 후 기쁘게 미소 지은 리온에게 양배추 수확 방법을 가르쳐 주기 위해 밭을 보았다.

"지금부터 수확 방법을 가르쳐 줄게."

"응, 부탁해."

"뭐, 요령만 잡으면 간단해. 솔직히 나도 오랜만이라 잘할 수 있을지 모르겠어."

"그 말을 들으니 불안해졌어."

"괜찮아? 내가 먼저 본보기를 보일까?"

아니, 감을 되찾는 의미에서도 직접 해 보자. 기억이 맞다면 그렇게 어려운 작업도 아닐 테고.

밭 끝자락에 쭈그려 앉은 나는 결구한 비양배추의 밑동을 잡았다.

"먼저 둥글어진 양배추의 줄기를 잡아. 대충 두세 장 밑에 있는 잎에 식칼을 넣어서 줄기를 자르면 돼."

서걱, 싱그러운 소리와 함께 줄기를 자른 나는 일단 식칼을 내려 놓고 비양배추를 양손으로 들었다.

"어머, 잘하잖아."

"어디 틀린 부분 있었어?"

"아니, 보기에 나무랄 데 없었어."

노아의 보증도 받은 걸 보면 괜찮았던 모양이다.

"리온, 방법은 이해했어? 그렇게 어렵진 않지?"

"응, 의외로 간단해 보였어."

방법은 매우 간단했다.

하지만 아무리 간단해도 식칼이라는 날붙이를 다룬다는 사실은 변함없었다.

"식칼에 다치지 않게 조심해."

"식칼 다루는 건 하루마보다 익숙하니까 괜찮아."

"하하하, 그건 그렇네."

매일같이 식칼을 다루고 있는 리온에게는 쓸데없는 참견이었나.

일단 준비해 뒀던 세 번째 식칼을 든 리온은 다소 긴장한 얼굴로 비양배추 쪽으로 향했다.

"노아, 나는 비양배추를 짐수레에 놓고 올 테니까 리온을 부탁해."

"그래, 맡겨 둬."

두 사람이 비양배추와 마주했다.

그런 그녀들을 흘끗 본 후, 양손으로 든 비양배추로 다시 시선을 보냈다.

원래 세계에서 채소 가게에 진열되어 있던 양배추처럼 훌륭한 크기의 양배추였다.

많은 영양을 흙에서 흡수했는지 무게가 묵직했다.

"……무겁네. 그래, 무거워."

양손에 느껴지는 무게에 감개무량한 기분이 들었다.

이것이 지금껏 기른 증거.

손바닥에 만들어 낸 작은 비구름으로 흙을 씻고 짐수레에 실었다.

"……아직 할 일은 많아."

키우고 끝이라면 초등학생의 채소 가꾸기 체험과 똑같다.

중요한 것은 이렇게 키운 비양배추를 어떻게 하는가다.

그렇게 다시금 자신을 타이른 나는 노아와 리온 곁으로 돌아갔다. 그러자 순조롭게 비양배추를 수확한 리온이 양손으로 비양배추를 안고 기뻐하며 보여 줬다.

"잘 수확했어."

"좋아. 그럼 여기에 비구름을 둘 테니까 흙을 씻어서 짐수레에 옮겨 줘."

"알겠어."

적당한 곳에 비구름을 두 개쯤 뒤서 비양배추를 씻을 수 있는 장소를 만들었다.

그다음엔…… 그래.

"리온, 노아, 비양배추는 전부 수확하지 말고 몇 개 남겨 줬으면 좋겠어."

"어? 왜?"

"그건—."

"씨를 남기기 위해서야."

가볍게 설명하려고 했는데 노아가 선수를 쳤다. 근데 이 아이는 채종 방법까지 알고 있는 건가. 득의양양하게 말하려고 했던 내가 설 자리가 없는데요.

"이대로 전부 수확하는 건 간단하지만, 그러면 다음에 심을 비양배추 씨앗을 확보할 수 없어. 그래서 이대로 꽃까지 피워서 씨를 만드는 거야. 아, 하지만 그렇게 얻은 씨앗을 바로 쓰진 못해. 꼬투리 채 일주일 정도 말리고 제대로 성장할 수 있는 씨앗인지 엄선하는 등 꽤 수고가 들어."

"흐응, 고생스럽겠네. 하루마."

"……으, 응."

거기까지는 몰랐다고 말할 순 없었다.

뭐야, 엄선이라니. 양배추 씨는 그렇게까지 해야 해?

그냥 선생님이라고 불러도 될까요?

내심 풀이 죽었지만 절대 얼굴에 드러내지 않고 식칼을 잡았다.

"자, 그럼 본격적으로 수확해 나갈까."

"네~."

"응."

시야를 가득 메운 비양배추.

이 많은 수를 다 수확하려면 아주 힘들겠지만 고생이라는 생각은 안 들었다.

아무튼 줄곧 고대했던 순간이었다.

안 설레는 게 이상한 거지!!

***

비양배추를 수확한 날.

노아와 헤어진 나와 리온은 짐수레에 가득 쌓인 비양배추 일부를 에릭 씨의 집으로 가져갔다.

집에 돌아오자마자 리온은 비양배추를 안고서 바로 부엌으로 가 버렸다.

나는 에릭 씨와 함께 리온이 비양배추 조리를 끝낼 때까지 기다리기로 했다.

그로부터 한 시간, 뭔가를 끓이는 리온의 뒷모습을 본 에릭 씨는 감개무량하게 내게 말했다.

"이야~ 저렇게 기뻐하는 리온을 보는 건 오랜만이야."

"그런가요?"

"감정을 겉으로 그다지 드러내지 않는 아이니까. ……그 덕분에 착각에 빠진 애송이들이 다가오지도 않지만."

"에릭 씨, 얼굴이 무서워요."

"어이쿠, 미안하네. 본심이 나오고 말았어."

3개월간 함께하며 에릭 씨의 변모에는 익숙해졌기에 냉정히 태클을 걸었다.

그보다 본심이라는 게 놀랍다.

"그래서 자네에게는 아무리 감사해도 부족하다네."

"그건 제가 할 말이에요. 저는 에릭 씨와 리온 덕분에 여기 있을 수 있는 거니까요."

이 세계에서 지금도 살아 있는 것은 에릭 씨와 리온 덕분이었다.

내가 감사할 일은 있어도 에릭 씨에게 감사받을 일은 없었다.

"자네 덕분에 리온이 미소를 보여 줘. 그것만으로도 감사할 이유가 돼. 저 아이도 말로 표현하지는 않지만 부모와 떨어져 지내는 건 외로웠을 테니까."

"트레저 헌터……였던가요?"

"리온에게 들었는가?"

내 말에 에릭 씨는 고민스럽게 침묵했다.

부모님에 관해서는 예전에 리온 본인에게 들었다. 리온은 외롭지 않다고 말했지만, 부모와 떨어져 지내는 건 역시 외로웠을 것이다.

하지만 왜 내 덕분이 되는 거지?

그 의문을 헤아렸는지 에릭 씨가 말을 이었다.

"집에 온 경위야 어찌 됐든 간에 리온에게 자네는 오빠 같은 존재로 여겨지지 않았을까? 나이 차이도 있고 말이지."

"그렇게 연상다운 일은 못 했는데요? 오히려 폐만 끼쳤던 구석도 있어요."

"그것도 포함해서 말이네. 적어도 나와 둘이서 지냈을 때보다 모든 의미에서 알찼을 거야. 예를 들면…… 그래, 함께 밥 먹는 사람이 늘어났다든가, 그런 점에서."

그러고 보니 나도 원래 세계에서는 매일 혼자 밥을 먹었지.

혼자 살며 누군가와 함께 밥을 먹는 감각조차 희미해졌었지만…… 새삼 생각해 보면 누군가와 함께 먹는 밥은 내가 생각하는 것 이상으로 마음의 버팀목이 되는 걸지도 모르겠다.

"저도 알차게 보내고 있어요. 솔직히 원래 세계에서는 고향을 떠나 혼자 살았으니까요. 그래서 리온의 기분도 이해해요. 저도 감사 인사를 하고 싶다는 마음은 같아요."

"그런가……."

내 말에 에릭 씨는 감회에 젖어 고개를 끄덕였다.

"아, 하지만 연애는 용납할 수 없네."

"아니, 그러니까 그런 일은 없을 거라니까요."

내가 리온을 좋아하게 되더라도 리온이 날 좋아하는 일은 없을 텐데.

농담으로 한 말인 줄 알았지만 에릭 씨는 눈을 부릅떴다.

"네 이놈, 리온이 귀엽지 않다는 거냐!! 거기선 보통 반대해야지!!"

"네에에에?!"

영문 모를 말이 추가됐어?!

확 달려든 에릭 씨와 한바탕 난리를 피우길 수 분. 진정됐는지 에릭 씨는 의자에 다시 앉아 숨을 몰아쉬며 내게 말했다.

"그러고 보니 수확한 비양배추는 어쨌는가? 자네가 사는 오두막에 놓아두었지?"

이토록 빠른 태세 전환이라니. 역시 대현자다……. 칭찬하는 거 아니지만.

"지금은 짐수레에다 마법으로 비를 내리고 있습니다. 내일 아침까지 유지되도록 마력을 담았으니 상하지는 않을 겁니다. 그리고 후우로가 확실하게 망을 보고 있고요."

맡겨 달라는 듯 짐수레 옆에 앉았던 후우로의 모습을 떠올리고 나도 모르게 웃어 버렸다.

후우로는 아직 어리지만 그 안에 간직한 기백은 이루 헤아릴 수 없었다.

"수확한 비양배추는 마을 사람들과 랑그롱 씨에게 나눠 줄 생각입니다."

오늘도 노아에게 비양배추를 두 개 정도 줘서 돌려보냈다.

원래부터 개인이 다 소비할 수 있는 양도 아니고, 맛있다고 평판이 자자한 비채소를 독점할 생각도 없었다.

맛있다면 다 같이 맛보는 편이 좋다.

"그리고 왕국에 보내셔도 상관없어요."

"괜찮겠는가?"

"네. 늦든 빠르든 비채소 재배에 성공했다는 건 왕국에 전해질 테고, 그렇다면 괜히 숨기지 말고 보고하는 편이 좋을 것 같아서요."

숨겼다가 들키기보다는 사전에 보고해 두는 편이 낫다. 그리고 섣불리 숨겼다가 랑그롱 씨나 에릭 씨에게 폐를 끼치는 사태를 일으키고 싶지는 않았다.

"그럼 내가 왕국에 보고해 두겠네. 아, 아니지, 그러면…… 왕국의 변태들이 난리를 피울 텐데……."

"아, 저기, 무리라면 굳이……."

"아니, 괜찮네! 다소 귀찮은 일은 벌어지겠지만, 자네에게 지장을 주지는 않을 걸세. ……아마도!"

「아마도」라니요. 단숨에 불안해졌는데요.

그때, 부엌에 있던 리온이 테이블이 있는 방으로 들어왔다.

"다 됐어."

주방 장갑을 낀 리온의 양손에 냄비가 있었다.

맛있는 냄새에 퍼뜩 정신을 차린 나는 테이블 위에 목제 냄비 받침을 뒀다.

"응, 고마워. 하루마, 빵이랑 샐러드도 있으니까 가져와 줘. 나는 접시를 꺼낼게."

"알겠어."

받침 위에 냄비를 올린 리온의 말을 따라 부엌에 들어가서 3인분 준비된 빵과 샐러드를 테이블로 옮겼다.

얼추 식사 준비를 끝낸 나는 의자에 앉아 차려진 식사를 둘러보

앗다.

샐러드는…… 오늘 수확한 비양배추 샐러드네.

물로 씻은 비양배추를 간단히 간해서 담은 심플한 샐러드였다.

비양배추 본래의 맛을 즐길 수 있는 요리라고도 할 수 있었다.

빵은 늘 마을에서 사 오는 빵.

그리고 테이블 한가운데에 놓인 냄비가 한층 눈길을 끌었다.

거기서 풍기는 강한 비양배추 향이 코를 간질였다.

야채수프일까? 아무튼 궁금했다.

나와 에릭 씨의 시선이 냄비에 집중되어 있음을 알아차린 리온은 고개를 한 번 끄덕이고서 냄비 뚜껑을 잡았다.

"그럼 열게."

리온의 목소리와 함께 냄비 뚜껑이 열렸다.

맛있는 냄새가 확 퍼졌고— 그 안에는 내 예상을 뛰어넘은 요리가 있었다.

당근과 산나물, 그리고 잘게 썬 돼지고기를 넣고 끓인 다채로운 수프. 그 안에 한층 큰 존재감을 내뿜는 음식이 있었다.

"캐비지롤……?"

"응."

무심코 꺼낸 말에 리온이 고개를 끄덕였다.

수프 안에 있던 것은 캐비지롤이었다.

깔끔하게 늘어서서 끓여진 캐비지롤은 뭉크러지지 않고 확실하게 그곳에 있었다.

전혀 예상하지 못했던 일이라 아무 말도 못 하는 나를 보며 리온이 자랑스러워했다.

"만들 수 있다고 했잖아?"

"그, 그랬지……. 하지만 뭐라고 말해야 할지 모르겠어. 대단하다……."

"흐흥, 그렇지? 아, 하지만 안에는 다진 고기밖에 없어. 사실은 양파도 넣으려고 했는데 그러면 후우로가 못 먹을지도 모르니까."

그렇게 말하며 리온은 각자의 접시에 캐비지롤을 담아 줬다.

"리온, 캐비지롤이라는 게 뭐니?"

"하루마가 살던 세계의 요리야. 배워서 만들어 봤어."

"오호, 생소한 요리다 싶더니 하루마 군이 살던 세계의 요리인가. 흠, 참으로 독창적이군."

눈앞에 내밀어진 접시를 받으며 다시금 캐비지롤을 보고, 원래 세계에서 먹었던 캐비지롤과 크게 다르지 않아 놀랐다.

아니, 오히려 이쪽이 더 맛있어 보였다.

……뭔가 감동적이야.

큰일이다. 눈물 날 것 같아.

아직 먹지도 않았는데 왜 이렇게 눈물이 날 것 같지. 역시 나이를 먹으면 눈물이 많아지는 걸까.

"하루마, 식기 전에 먹어."

"아, 네."

요리를 앞에 두고 감격하던 나는 단호한 리온의 말에 정신을 차렸다.

확실히 감상에 젖어 있을 때는 아니지.

스푼을 들고 캐비지롤과 마주했다.

"그럼 잘 먹겠습니다."

그렇게 말하고 수프를 먹었다.

"——."

입안에 퍼지는 최고의 맛에 신음을 흘릴 뻔했지만 꾹 참았다.

세상에, 아직 본체조차 먹지 않았는데 뭐 이렇게 맛있는 거야,
비양배추.

몸 안을 도는 마력이 명백하게 활성화되었음을 알 수 있었다.

이 상태에서 비양배추 자체를 사용한 캐비지롤 본체를 먹으면—.

침을 꼴깍 삼키며 나이프로 캐비지롤을 한입 크기로 자르고 스
푼으로 떴다.

"……."

설마 너무 맛있어서 먹는 게 망설여지는 음식이 존재할 줄은 몰
랐다.

결심하고 스푼을 입에 가져갔다.

"——."

비양배추와 고기에 밴 수프의 맛이 맨 먼저 입안에 퍼졌다.

그리고 한 번 씹으니 비양배추의 단맛이, 이어서 고기 맛이 입안
에 감돌았다.

이토록 강한 비양배추 맛이 고기 맛을 전혀 해치지 않고 조화를

이룬 것이 놀라웠다.

지금까지 아무런 생각 없이 밥을 먹었던 나도 이게 얼마나 비정상적인지 잘 알았다.

비채소, 그 맛은 전설대로 진짜였다.

"……읏."

아아, 사람은 정말로 맛있는 음식을 먹었을 때 우는구나.

지금껏 고생해서 키운 채소라서 그럴지도 모른다.

그리고 지금, 내 마음은 이 요리를 만들어 준 리온에 대한 감사로 가득했다.

만감에 겨워 전율하며 얼굴을 든 나는 떨리는 목소리로 리온에게 감사를 전했다.

"리온…… 정말로 고마—."

"맛있다. 한 그릇 더."

"빨라?!"

내가 감동하는 사이에 리온은 이미 한 그릇을 뚝딱한 상태였다.

눈물이 쏙 들어갔다.

멍하게 에릭 씨를 보니 에릭 씨는 스푼을 입에 문 채 굳어 있었다.

"에, 에릭 씨?!"

"헉, 미, 미안하네. 처음 먹어 보는 엄청난 맛에 사고가 정지됐었어……. 그런데 비채소, 범상치 않군. 마력 회복을 촉진하는 식자재라고 하지만 그 효능은 이루 헤아릴 수 없어. 맛은 말할 필요도 없이 지고하고. 그야말로 채소의 왕이라고 할 만해. ……큭, 그 엘프가

자랑했던 것도 이해가 가는 맛이야……! 맛있군, 그저 맛있어……!"

에릭 씨는 분한 듯 눈물을 흘리며 스푼을 입에 가져갔다.

나는 다시 식탁을 둘러보았다.

"……하하."

지금껏 내 인생은 빈말로도 행복하지 않았다.

내가 가진 마력 때문에 인생은 늘 엉망진창이었다.

그 끝에 이 세계에 오고 말았다.

하지만 이 세계에서 나를 도와주는 사람들이 있었다.

흙투성이가 되어도, 비에 쫄딱 젖어도, 나는 포기하지 않고 채소를 키웠다.

그리고 오늘 마침내 그것을 수확할 수 있었다.

여전히 힘든 일은 있지만, 이상하게도 원래 세계에 있었을 때 같은 비장감도 체념도 없었다.

그러나 아직 과제는 남아 있다.

비양배추의 씨를 받아야 하고, 밭 확장도 끝나지 않았다.

다음으로 가꿀 비채소도 생각해야 하고, 앞으로 어떻게 처신할지도 배워 나가야 했다.

"이제부터지."

마법을 알고 그것과 마주한 결과, 나는 자신이 어떻게 살아가야 할지 마침내 발견할 수 있었다.

내가 가진 우천 기후마법을 살려서 비채소를 가꾸어 나가는 것.

그것이 나만의 기후마법의 올바른 사용법.

그렇게 생각하자 문득 이 세계에 올 때 빌었던 소원이 떠올랐다.

"리온."

"응? 왜? 하루마."

"나 말이야. 내 이름…… 좋아할 수 있을 것 같아."

리온에게는 영문 모를 말이겠지.

실제로 리온은 스푼을 한 손에 들고서 고개를 갸웃했다.

"영문 모를 소리 해서 미안."

"확실히 난데없는 말이라 이해가 안 가지만……."

조용히 스푼을 내려놓은 리온은 언젠가 봤던 다정한 웃음을 지었다.

"하루마에게 아주 좋은 일이라는 건 알겠어."

"……그래, 고마워. 리온."

내 마력을 알게 되었고, 그것을 다루는 목적도 발견할 수 있었다.

하지만 이 세계에 온 나의 가장 큰 행운은.

이 다정한 소녀가 맨 처음 나를 발견해 준 것일지도 모른다.

 **에필로그**

가까스로 비양배추 수확을 끝냈다.

마을 사람들에게 나눠 준 비양배추의 평가는 좋았다. 절찬을 받았다.

수확한 이튿날 아침, 내가 사는 오두막에 랑그롱 씨와 노아가 돌격해 와서 깜짝 놀랐다.

설마 이곳을 다스리는 귀족 부녀가 저택에서 우리 집까지 전속력으로 달려올 줄은 생각도 못 했다.

그리고 비채소 재배에 성공했다는 기록을 에릭 씨가 왕국에 보냈다.

대답은 아직 돌아오지 않았지만, 에릭 씨가 말하길, 지금쯤 왕국은 대혼란에 빠졌을 거라고 해서 그쪽 사람들에게 조금 미안한 기분이 들었다.

언젠가 그 혼란이 여기까지 미칠 거라고 듣고 조금 우울해졌지만, 내게는 랑그롱 씨와 에릭 씨가 있으니까 괜찮을 것이다.

어쨌든.

나는 이 세계에서의 첫 목표인 『비양배추 재배』를 달성했다.

"뭐, 거기서 끝은 아니지."

겨드랑이에 『비채소의 극의』를 낀 나는 수확을 끝낸 밭 앞에 서서 말끔해진 전체를 둘러보았다.

채종용 비양배추 말고는 전부 수확해 버렸지만, 그걸로 비채소 재배가 끝을 맞이한 것은 아니었다.

나는 『비채소의 극의』를 펼치고 작은 주머니 몇 개를 꺼냈다.

"『비토마토』, 『비오이』, 『비수박』……. 아직도 비채소는 잔뜩 있어."

비채소 재배는 끝나지 않았다.

아니, 끝 같은 건 없다.

나는 내가 해야 할 일, 하고 싶은 일을 이 세계에서 찾아냈다.

"앞으로도 힘내자."

"역시 벌써 시작하는구나."

뒤에서 목소리가 들려 돌아보니 리온이 상냥하게 웃으며 그곳에 있었다.

숨은 먹보이자 요리 고수, 비를 맞던 나를 발견하고 도와준 상냥한 소녀.

리온은 내 옆에 나란히 서서 나를 올려다보았다.

"이번에는 나도 도울게."

"괜찮겠어?"

"응, 열심히 노력하는 하루마를 보니 나도 하고 싶어졌어. 안 될까?"

"그럴 리가. 대환영이야."

"멍!"

"아, 그래, 그래. 후우로, 너도 함께지."

발밑으로 달려온 후우로를 쓰다듬었다.

기분 좋은 듯 눈을 가늘게 뜨는 후우로를 보고 나와 리온이 미소 짓고 있으니, 이쪽으로 달려오는 금발 소녀, 노아의 모습이 시야 끄트머리에 잡혔다.

숨을 헐떡이며 도착한 노아는 살짝 언성을 높였다.

"잠깐! 나 빼고 새 비채소 재배를 시작하려던 거야?!"

"그럴 리가 없잖아. 네가 올 때까지 기다리려고 했어."

"……정말?"

"저, 정말이야. 자, 준비하자."

의심스럽다는 시선을 받고 내심 흠칫하며 두 사람과 한 마리에게 말했다.

내 인생은 비와 밀접한 관계를 맺고 있었다.

그건 지금도 변함없다.

하지만 원래 세계에서 지낼 때처럼 괴로워하며 한탄하는 나는 없다.

지금 있는 것은 이 세계에서 마주한 힘인 기후마법과 이 세계에서 만난 마음씨 착한 사람들과의 인연이었다.

"하루마, 뭘 멍하니 있어?"

"하루마! 얼른 와~!"

"멍!"

"……그래, 지금 갈게."

이 세계에서 나는 자신의 힘을 사용하는 법을 찾았다.

어쩌면 그 사용법은 잘못됐을지도 모른다.

하지만 그래도 좋다.

정답 같은 건 처음부터 어디에도 존재하지 않고, 올바른지 틀렸는지는 다름 아닌 자기 자신이 정해야 하기 때문이다.

그러니까 이 세계에서 도출한 답을 믿고 자신 있게 나아가자.

이것이 내게 있어 「기후마법의 올바른 사용법」이다.

Character Design

리온

하루마

Character Design

노아

기후마법의 올바른 사용법 1

초판 1쇄 발행 2020년 8월 20일

지은이_ KUROKATA
일러스트_ Falmaro
옮긴이_ 송재희

발행인_ 신현호
편집부장_ 윤영천
편집진행_ 김기준 · 김승신 · 원현선 · 권세라 · 유재슬
편집디자인_ 양우연
국제업무_ 정아라 · 전은지
관리 · 영업_ 김민원 · 조은걸 · 조인희

펴낸곳_ (주)디앤씨미디어
등록_ 2002년 4월 25일 제20-260호
주소_ 서울시 구로구 디지털로 26길 111 JnK디지털타워 503호
전화_ 02-333-2513(대표)
팩시밀리_ 02-333-2514
이메일_ lnovelpiya@naver.com
L노벨 공식 카페_ http://cafe.naver.com/lnovel11

TENKOUMAHOU NO TADASHII TSUKAIKATA ~AMEOTOKO WA YASAI WO TSUKURITAI~ Vol.1
©KUROKATA 2018
First published in Japan in 2018 by KADOKAWA CORPORATION, Tokyo.
Korean translation rights arranged with KADOKAWA CORPORATION, Tokyo.

ISBN 979-11-278-5649-6 04830
ISBN 979-11-278-5648-9 (세트)

값 9,800원

모험가가 되고 싶다며
도시로 떠났던 딸이 S랭크가 되었다 1~6권

모지 카키야 지음 | toi8 일러스트 | 김성래 옮김

고향 시골에서 은퇴 모험가 생활을 보내던 벨그리프는
숲에서 주운 소녀를 안젤린이라 이름 붙여서 친딸처럼 키웠다.
벨그리프를 동경하여 도시로 떠나 모험가가 된 안젤린은
길드에서 최고위 《S랭크》까지 올라 분주한 나날을 보낸다.
어느덧 5년이 지나 안젤린은 힙겹게 장기 휴가를 내서
정말 좋아하는 아빠 벨그리프를 만나러 가려 하지만
느닷없이 마물 토벌에 동원된다거나 도적단과 맞닥뜨리며
좀처럼 귀로에 오를 수가 없었다.

"도대체 나는 언제쯤이면 아빠랑 만날 수 있는 거야……!"

따뜻한 이야기와 모험이 가득한 하트풀 판타지!!

라이트노벨의 새로운 빛! L북스의 신간은 매월 20일에 발매됩니다. http://cafe.naver.com/lnovel11

모험가 자격을 박탈당한 아저씨지만, 사랑하는 딸이 생겨서 느긋이 인생을 즐긴다 1~2권

오노나타 마니마니 지음 | 후지 초코 일러스트 | 송재희 옮김

일찍이 전설의 강화 마술사로 이름을 떨쳤던 더글러스.
지금은 아저씨라고 불리는 나이가 되었고 몸은 쇠약해져서 엉망이다.
더글러스는 길드에서 모험가 라이센스를 박탈당해 떠돌이로 전락한다.
방랑하던 중, 저주받은 소녀 라비와 만난 더글러스는 그녀를 구하고
최강의 힘을 되찾는다.
하지만 더글러스는 실력을 숨기고 라비와의 자유로운 여행을
이어가기로 결의한다―.
별하늘 아래에 텐트를 치고 수프를 마시거나.
벼 이삭이 물결치는 가도를 터벅터벅 걷거나
지나가다 들른 곳에서 다른 사람을 돕기 위해 무심코 무쌍을 찍거나.
사이좋은 부녀의 모험은 오늘도 계속된다.
"나는 아이 키우느라 바빠. 미안하지만 다른 사람을 찾아줘."